転生したけど0《ゼロ》レベル

TENSEI SHITAKEDO OLEVEL

～チートがもらえなかったちびっ子は、それでも頑張ります～

②

著 杉田もあい
画 高瀬コウ

CONTENTS

TENSEI SHITAKEDO OLEVEL

1 綺麗な鳥とふらふらする頭

魔法で見つけた魔物がとまってる木の近くまで行くと、お父さんはやっぱりかってつぶやいたんだ。

「知ってるまものなの？」

「ああ。すごいのを見つけたな」

僕が見つけたのはブレードスワローっていう鳥の魔物なんだって。

この魔物はね、物凄く早いから飛んでいる時に矢を当てるなんてことはまず無理な上に、音にもかなり敏感みたい。

だから離れた場所から弓を射ても弦をはじく音や矢の風きり音を聞いて避《よ》けてしまうんだってさ。

「気づかれないよう、かなり近くまで行ってから弓を射ないと狩ることができないんだ。それだけに凄腕の狩人でも潜伏中に偶然出くわしでもしなければ狩れないから、幻の鳥とまで言われてるんだぞ」

ブレードスワローは空を飛ぶその姿が、まるで光り輝く銀色の刃が空を舞っているかのように美しいからその名前がついたらしい。

その羽根は死んだ後も光沢を失わないから、貴族様のマントや帽子の飾りとしてもかなり人気があるんだって。

それなのにほとんど獲れないから、それほど強くない魔物なのにかなりの高い値段がついてるそうなんだよ。

「それにブレードスワローは肉もうまいんだぞ。そっちは羽と違ってそれほど高くは売れないけど、それでも野鳩とか鴨なんかよりずっとうまいんだ。村に持って帰ったらシーラもきっと喜ぶぞ」

「ならがんばって、とらないとね！」

そこから始まったのはまさに乱獲と言っていいんじゃないかなぁ？

だって僕のマジックミサイルは発射時に弦をはじく音なんてしないでしょ。

だから小さな声が届かないくらい離れた場所から撃っても問題ないし、飛んでいく最中も弓矢のように風きり音がしないから気づかれることも無い。

だから面白いようにブレードスワローが獲れるんだよね。

そりゃあ何度かは魔法が届く範囲まで近づく前に飛び立たれてしまうこともあったよ。でも僕たちは1時間ほどの間に6羽ものブレードスワローを狩ることができた。

これは草原で普通に鳥を獲ってる時より速いペースだし、森の中を移動しながら狩りをしていることを考えると、とっても凄いことなんだ。

「流石《さすが》にそろそろ持つのが大変になってきたから、もうこの辺りでやめるか」

「そうだね。いくらとりだっていっても、けっこうおおきいもん」

一羽の大きさは大きめの鷹くらいあるからジャイアントラットに比べたら軽いとは言え、この数になると持つのも大変でしょ。

だからこれくらいでブレードスワロー狩りをやめることにしたんだ。

「もう日も傾いてきているし、天幕まで戻ったら流石にもう戻ってくるのは無理か。今日はここまでかな」

「まって、ちかくに」

完全に帰るつもりになっているお父さんだったけど、僕は探知魔法で近くに大きなものがいることに気が付いたんだ。

この魔法を使い始めてから一度も出会ってないから絶対とはいえないけど、多分これは。

「おとうさん、たぶんジャイアントラットだとおもう、おおきなものがちかくにいるんだ。ぼく、まだこのまほうをつかってからいちどもジャイアントラットをみてないから、まりょくをおぼえるために、みにいっていい？」

「おう、いいぞ。と言うより、近くにいるならついでにお前の魔法で狩ってしまおう。ブレードスワローはかさばるから持ちにくいだけで、重さ自体はまだ余裕があるからな」

お父さんがいいって言ったから、僕たちは反応がある場所へ魔物に気付かれないように気を付けながら向かったんだ。

すると前方に見えてきたのは今日三度目のご対面となる巨大な影。

「やっぱりジャイアントラットだったね」

「ああ。ルディーン、ここから狙えるか？」

「うん、だいじょうぶ、じゃあまほう、うつね」

いつものように体に魔力を循環させて、前方のジャイアントラットの頭に向かって魔法を発射！

ピギィ！

飛んでいったマジックミサイルはそのまま吸い込まれるかのように側頭部にあたり、一撃でしとめることに成功したんだ。

それを見た僕は喜んで飛び上が……ろうとしたんだけど、急に頭がふらっとして、コテン。

そのまま転がっちゃったんだよね。

「えへへっ、ころんじゃった」

僕ね、何もないところで転んだのが恥ずかしかったから照れ笑いを浮かべて立ち上がろうとしたんだよ。

でもなんでだろう？　ふわふわしてうまく起き上がれない。

それでもなんとか立ち上がることはできたんだけど、ふわふわと雲の上を歩いているような感覚はそのままで、なんか変なんだ。

「おとうさん、ぼく、なんかへんになっちゃった。なんかふわふわする」

「ん？　ああそうか。しまったな、ちょっと調子に乗りすぎたようだ」

僕はなぜいきなりこんなことになったのか解《わか》んなくて、ちょっと不安になってたんだよ。だけどお父さんが苦笑いしながら頭をかいている所を見て、ちょっと安心したんだ。

こんな顔をしているってことはお父さんは今、僕に何が起こっているのか解ってるって事だもん。

と言うわけで、今僕に何が起こってるのかを聞いてみたんだ。

そしたらこんな答えが。

「それはたぶん、森に入り始めた子供がよくなる症状と同じものだ。狩りを始めたばかりの頃によく出る症状でな、一日もすれば体も慣れてすっかり良くなるから心配するな」

理由はよく解ってないみたいなんだけど、ほとんどの子供が一度は経験するものらしいからお父さんも別に慌てなかったんだってさ。

でも僕はその答えを聞いて一つ思い当たることがあったから、早速自分のステータスを開いてその疑問の答え合わせをする。

やっぱりか。

賢者のレベルが3に上がっていた。

レベルが1から2に上がった時はこんな風にならなかったよね。

じゃあ3に上がった時は、前と何が違ったのか？

それは多分、短い間にいっぱい経験値？　を集めたこと。

あんまり早くレベルが上がっちゃうと、頭が体の強さについて行けなくてこんな状態になるんじゃないかなぁ？

で一日くらい経つと、やっと体の強さに頭がついて行くようになると思うんだ。

「そっか、ならだいじょうぶだね」

それが解ったから、僕はほっとしたんだ。


この後ジャイアントラットの血抜きを済ませている間にふらふらした頭もちょっと治ってきたから、森を出て商業ギルドの天幕まで移動。

そこでお金を払って荷物を運ぶ為の馬車に乗せてもらって、今日の収穫物と一緒に揺られながらイーノックカウへと帰っていったんだ。

ところが。

「カールフェルトさん、何をやっているんですか！　こんな小さな子を連れて森の中を歩き回るだけでも本来ならやめるべきだと思う様なことなのに、こんなに多くの魔物を狩ってくるなんて！」

「あっ、いや、この獲物の殆どはルディーンが……」

「言い訳なんて聞きません！　大体ルディーン君の状態を見なさい、こんなフラフラになって。本当に可哀想に」

冒険者ギルドに着くと、裏の買取所に何か用事があったのか偶然来ていたルルモアさんに見つかっちゃったんだよね。

そこで大量の獲物とちょっとふらついている僕を見た彼女が、お父さんをしかりつけたってわけ。

「ルディーン君は魔法を覚えた経緯を見ても解る通り、放って置けば無理をするに決まっています。それを止めるのが親の役目でしょう！　それなのに！」

「ルルモアさん、おとうさんはわるくないよ。ぼくがいっぱいやっつけたから」

「ルディーン君。大丈夫、君は何も悪くないのよ。そういう判断は大人がするものなのですからね」

僕もなんとかしようとしたんだけど、ルルモアさんは笑顔を向けてそう言ってくるだけで、すぐにお父さんのほうを見て説教を再開しちゃうんだもん。

「流石にこれは看過できません。奥さんに報告の手紙をギルドから出させていただきます」

「いや、それは……」

結局いくらお父さんが謝ってもルルモアさんは許してくれず、その日の内にその手紙は出されてしまったんだってさ。

2 三角屋根の小さな……お店？

次の日の朝、起きてみると昨日のふらふらは綺麗さっぱり無くなっていた。

たぶん寝て起きたことで頭と体のバランスが取れたんだろうね。

「よかった。今日もあんなふうにふらふらしてたら、お買いものができなくなるところだったもん」

「おっ、起きたのか？　ルディーン」

ルルモアさんに散々叱られたお父さんはあの後、僕を宿においてしょぼくれながら一人でお酒を飲みに出かけて行っちゃったんだ。

けど、きちんと朝は起きられたところを見ると飲み過ぎたりしなかったみたいだね。

「うん。おはよう、お父さん」

「おや？　ルディーン。お前、昨日までより口調が、なんかこうしっかりしてきてないか？」

「そう？　ぼく、自分ではよくわかんないや」

でも、そう言われたってことはそうなのかも。

レベルが上がったことで呪文が発声しやすいように、ちょっとだけうまく喋《しゃべ》れるようになったのかなぁ？　よく解んないや。

朝ごはんを食べた後、僕たちは宿の近くにある市場通りへ。

ここは前に行った露天市場と違って商会やお店が並んでいるところなんだ。

露天市場は、その日に使う食料なんかを小売している店が多く並んでいたでしょ？

市場通りは村へと帰る僕たちのような人たちが樽や大きな箱単位でお酒や食糧を買ったり、村で使う魔道リキッドなどの日用品を買うところなんだ。

「取りあえず馬車の荷台で一番場所をとる酒からだな」

お父さんはそんなことを言いながら、お酒を売っている商会へと一番に向かった。

う～ん、確かにお野菜はある程度村で作ってるし、お肉も魔物からとれるから最低限の物を買うだけなんだよ。

それにお酒が買っていくものの中で一番場所をとるというのは本当なんだ。

でも帰りは荷台にかなりの空きがあるから、本当はそんなことを気にする必要はないんだよね。

なのになんでお父さんが真っ先に向かったかと言うと。

「うん、わざわざこの遠いイーノックカウから村へと持ち帰るのだから色々と味見をして、厳選したものを買って帰らないとな」

とまぁ、この商会では試飲をさせてくれるからだったりする。

これに関しては、この町に来る前にお兄ちゃんやお姉ちゃんたちに言われてたから覚悟してたんだよ。

お父さんはさ、ここで結構な時間を掛けて何種類ものお酒を試飲するみたい。

お兄ちゃんたちは困ったもんだって笑ってたけど、この時間はある意味自由時間みたいなものらしい。

だから僕もあまり遠くに行かなければ、その間にお店を見て回ってもいいんだってさ。

「おっと、そう言えばこれを出しておかないとね」

そう言うと、僕は服の中から首にかかっているカード入れを取り出した。

これは冒険者カードが入っている入れ物で、このカードを首から提げていると相手が子供であっても商店や商会の人たちは安心して物を見せてくれるそうなんだよ。

何でかって言うと、これを首からぶら下げて入店するのはお支払いを冒険者カードでしますよって言う合図だから。

これでのお買い物だと、ギルドの口座にお金が入っていない人はエラーが出ちゃうから買えないでしょ。

どんな相手でもギルドカードでお買い物したら後で必ずお金がもらえるから、お店の人も安心して売ってくれるみたい。

だからこそ僕みたいな子供がお買い物をする時は、このカードを首からぶら下げておく方がいいんだってさ。

そして僕のギルドの口座だけど、実はお金がいっぱい入ってるみたいなんだ。

ここで、ちょっとだけ前のお話をするね。

それは昨日、冒険者ギルドでルルモアさんにお父さんが散々怒られてやっと解放された後のこと。

お父さんが急にこんなことを言いだしたんだ。

「ルディーン。今日狩った獲物の殆どはお前一人で獲ったものだから、あれは全てお前のものだ。だからその売り上げはお前の口座に入れるからな」

「え～っ、いいの？」

お父さんの話だと、冒険者登録した人はみんなギルドに口座が開設されるんだって。

イーノックカウ近くの森で狩ってきた獲物を裏の買取所で売ったらね、そのお金は税金を引かれてそのままその冒険者の口座に入るそうなんだ。

今日獲れたものの内、６匹のブレードスワローと2匹のジャイアントラットは僕が魔法で狩ったでしょ。

そのお金を僕の口座に入れるねって、お父さんは言うんだ。

「お前のは口座を開設したばかりで何も入ってないからなぁ。口座の中身が0セントでは買い物もできなくて困るだろ。ただお前が成人するまでは一日に使える金額の上限は俺やシーラの承諾なしには超えられないようギルドで制限してもらうし、いくら入っているかも閲覧できないようにしてある。まぁ、これは使いすぎを防止する為だ。町では珍しいものばかりだから、入っている金額が解ると上限を決めていてもお金があるのならもっと欲しいって考えてしまうものだからな」

「うん、べつにいいよ。ぼく、そんなに高いものがほしいわけじゃないから。お父さんにまかせるよ」

こうして僕は、いくら入ってるかも解らない冒険者カードと言う財布を手に入れたんだ。


昨日のお話はここまでにして、お父さんを酒屋さんに残して探険開始！

とは言っても、行く所は決まってるんだけどね。

食べ物とかは何を買ったらいいか解んないし、何よりここはいっぱい買う人用のお店しかないから僕が行っても意味がない。

それに服とかも僕はすぐに大きくなるし、兄弟の中で一番下だから小っちゃくなってもあげる人がいないもん。

だからお兄ちゃんのお下がりで十分。

でも、もっと大きくなったら自分専用の鎧とか買うんだ！

その時まで服屋さんに行くのは取っておくつもりなんだよね。

じゃあどこに行くつもりなのかって言うと、それは錬金術ギルドだ。

僕はまだ始めたばかりだから上級の本とかはいらないけど、魔道リキッドを作るのに必要な溶解液は買わないといけないでしょ。

その他にもどんな物が売っているのか、ちょっと興味あるんだよね。

どんな傷でも治しちゃうようなすごいポーションとか、売ってるのかなぁ？

あと属性魔石を作れるって話だから、それを使った魔道具とかもあるかも。

魔道具にはギルドが無いみたいだから、たぶん錬金術ギルドが扱ってるんじゃないかなぁって思うんだ。

そんなことを考えながら僕は足取りも軽く、あらかじめ宿屋で聞いておいた錬金術ギルドのあるはずの場所へ向かったんだよ。

ところがその場所にあった建物は、僕が想像していた物とはちょっと違ってたんだ。

「あれ？　ここって錬金術ギルドだよね？　看板にもそう書いてあるし。でも」

ここって、どう見てもお店だよね？

冒険者ギルドは石造りの大きな建物で、中に入るとカウンターにある窓口で多くの人が働いていた。

そして商業ギルドには行ったことがないけど、森の前の天幕では冒険者ギルドみたいに多くの人が働いていたもん。

イーノックカウにあるという建物は、きっと冒険者ギルドと同じ様な感じなんだと思う。

なのにこの錬金術ギルドは木造の赤に近いオレンジ色に塗られた三角屋根の建物で、その外観はまるでおしゃれ小物雑貨を売っているお店って感じなんだ。

その上真っ赤な扉の横には何種類もの色とりどりの花が咲いている花壇まで作ってあるんだから、とてもギルドって言った感じじゃないんだよね。

それを見て僕、ちょっと迷ったんだよ。

でもここまで来て入らないなんてことは流石にできないから、思い切ってその赤いドアに手をかけたんだ。

カランカラン。

そしたら軽い感じのベルが鳴って開くドア。

こんな所も小物雑貨屋さんっぽかったんだけど、中はもっと小物雑貨屋さんっぽかった。て言うか、完全に小物雑貨屋さんだよね？　ここ。

店内にはお花や鉢植え、それにドライフラワーが並んでいる場所があったり、色とりどりの小さな石が透明なガラス瓶に入って並んでいたり。

僕が想像していた錬金術ギルドとは、まるで違う雰囲気なんだもん。

その上、入ってすぐの場所に置いてある丸テーブルにはいろんなアクセサリーまで並んでいて、そこはまさに女の子が買い物に来るお店って感じの空間だった。

でもね、一つだけ小物屋さんらしくない物があったんだよ。

それは店員さん。

真っ白な長いお髭《ひげ》の薄紫色のローブを着たお爺さんが、奥のカウンターで店番をしてたんだよね。

目が悪いのかな？

小さな丸めがねをして机の上に置いた大きな本を見ているその姿は、熟練の錬金術師って感じ。

その人の存在だけがこの場所が錬金術ギルドだってことを主張してたんだ。

僕が入って行った時にドアベルが結構な大きさで鳴ったのにこっちの方を見もせずにずっと本を読んでる。

ということは、ここでは欲しい物をもってカウンターにいくまではお客さんに声を掛けないって事なのかな?

でもそういうところを見ると、やっぱりここはお店じゃないんだなぁって思うんだよね。

だって普通のお店だとお客さんが入ってきたら、必ず誰かが声を掛けるでしょ。

店員が少なくてそういうことができないお店でも、入った瞬間にいらっしゃいませ！　って挨拶をされるもん。

物を売る気がないってところが、ここは商店では無くギルドである証拠だと僕には思えたんだ。

さて、そう思えたんだけど今の僕の状態に何か変化があったのかと言えばそうでもなくて、未だに一人ぽつんとギルド内にいるという状況はまったく変わらないんだよね。

だから僕は冒険者ギルドでお父さんがそうしたように、カウンターにいるお爺さんに声を掛けることにしたんだ。

「こんにちわ」

僕がそう声を掛けると、お爺さんは本に落としていた目をこっちに向けてにっこりと微笑んでくれた。

「はい、こんにちは。これはまた小さなお客さんじゃな。どうしたんだい、坊や。ここを小物雑貨のお店と間違えて入ってきたのかな？」

　どうやらこのギルドをそういう店と勘違いして入ってくる人は少なくないみたいで、お爺さんは僕にそう聞いたんだ。

　でも僕はちゃんと錬金術ギルドだって知ってここに来てるんだから、ちゃんと違うよって教えてあげないといけないよね。

「ううん。ぼくはれんきんじゅつギルドだってわかってて、このお店に来たんだよ」

「おやおや、それじゃあ本当にお客さんじゃったのか。これは失礼した」

　お爺さんは僕のお話を聞くと、微笑をより深めて謝ってくれた。

　だから僕は許してあげることにしたんだ。

「だいじょうぶだよ。ぼく、気にしてないから。ちっちゃいのはホントだもんね」

「ほっほっほ、確かにそうじゃな。しかしまだそんなに小さいのに錬金術ギルドに来たということは、これから始めるのかな？　それならばギルドよりもまずは家庭教師を雇うか、本屋に行くべきじゃろうて。ここでは錬金術の使い方は教えておらぬからのぉ」

「ちがうよ！　ぼく、まだほんのちょっとしかやってないけど、ちゃんとれんきんじゅつ、できたもん！」

　どうやらお爺さんは僕を見て、錬金術に興味を持った子供がそれを習うためにギルドに来たって思ったみたいなんだ。

　だからちゃんと違うって、僕はもう錬金術を使った事があるんだよって教えてあげたら、お爺さ

んは本当にびっくりしたお顔をしたんだよね。

冒険者ギルドでも僕が魔法を使えるって知ってルルモアさんが驚いてたけど、そんなにびっくりすることなのかなぁ？

「坊や、錬金術を使ったことがあるって、一体何をやったんだい？　やっぱり下級ポーションの作成かな？」

「ううん、ちゅうしゅつだよ！　デザートのブドウのタネからね、あぶらを取りだしたんだ。でもさ、タネはいっぱいあったのに、ほんのちょっとしかとれなかったけどね」

僕はいっぱい取れると思ってたのに、やってみたら本当に少ししか取れなくてがっかりしたことも含めて全部お爺さんに教えてあげたんだよ。

でもお爺さんは油がほんの少ししか取れなかったことより、僕が抽出をしたという方に驚いたみたい。

「なんと！　坊やはもう解析ができると言うか？　これは驚いた」

だってびっくりしたお顔でそう言ったんだもん。

解析って言うのは鑑定解析に名前が似ているけどスキルじゃなくって、目の前のものに何が含まれているのかを魔力を操って調べる錬金術の技術なんだって。

これはね、ある程度魔力の操作がうまくできるようにならないと使えないらしい。

僕は前世のことを覚えているでしょ。

だからなのか、魔力操作に関しては普通の人よりもうまくできるもん。

なによりその上位スキルである鑑定解析を使えるから、解析も簡単にできたんだよね。

でね、解析が使えないと目の前のものに何が入っているのか解んないから、そこから何かを抽出することなんかできるはずがないでしょ。

物の中から抽出できたのなら、同時に解析も使えたってことでもあるそうなんだ。

「あれはそこそこ熟練した錬金術師の中にも、うまく使えない者がいるというのに。ということはもしかして、坊やは魔法も使えるのかな？」

「うん。ぼく、まほうも使えるよ。だからまりょくそうさはとくいなんだ！」

僕はエッヘンと胸を張って、お爺さんに魔法が使えるって教えてあげた。

それなら僕がちゃんと解析を使えるって解ってもらえるだろうからね。

「おお、やはりそうであったか。しかしそれでも凄いのう。錬金術の基礎は大きく分けて抽出、分解、結合、付与であることは知っておるかな？　その中でも抽出は特に難しいのじゃよ。普通は魔力を動かす練習から始めて、それがある程度できるようになってから徐々に物と物を結合させたり、物に魔力を付与する練習に移るものなのじゃ」

お爺さんが言うには、抽出は解析ができて初めてできるものだから覚えるのは一番最後になる人が多いんだって。

それにすぐに色々なことができるようになる結合や付与と違って、抽出と分解は難しい錬金術ができるようにならないと使わないでしょ。

使わないから余計に後回しになるみたい。

だからなのか抽出をしたって言った僕に、お爺さんはこんなことを聞いてきたんだ。

「坊やはいきなり抽出をやったと言っておったが、下級ポーションの作り方は知っておるかの？」

さっきも僕が錬金術を使ったことがあるって聞いてすぐに下級ポーションを作ったのかって聞いてきたし、たぶんそれが本当に一番最初に覚えるべき基礎なんだろうね。

でも僕は自分がやりたいことを真っ先に調べたし、その基礎を全部すっ飛ばして抽出の場所だけを読んだから実はまったく知らなかったんだ。

だから怒られるかなぁって思いながらも、素直に答えることにした。

「ううん。ぼく、きのう本を買ってもらってちゅうしゅつってのをやってみただけだから、そのほかの所までは、まだよんでないんだ」

そしたら、そんな僕の返事を聞いてお爺さんは、

「ほう」

と言って目を細めたんだ。

なんだろう、ちょっと怖い雰囲気になった気がする。

やっぱり怒っちゃったのかなぁ？　って思ったんだけど、見た感じでは別にお爺さんは怒っているわけじゃない気がするんだ。

ちゃんと隠さずに知らないって答えたし、お爺さんも僕に対してじゃなくて自分の中で何かを考

えている内にこんな雰囲気になったように思えるもん。

たぶんこれは本屋のヒュランデルさんの時と同じなんじゃないかなぁ？

「本を読んだだけでのう。ふむ、いわゆる天才と言う奴なのか。いや、子供ゆえに難しさなど考えず純粋にやってみた結果なのかもしれんのう」

その証拠にそんなことをぶつぶつ呟いてるしね。

ただ僕は別のことでスキルを手に入れられたからできただけで、天才じゃないから勘違いされても困るんだ。

だって、ここで変な期待をかけられても後でがっかりさせちゃうだけだもん。

だから僕、ちゃんと主張しておくことにしたんだ。

うまくできたのは天才だからじゃなくって、僕がいっぱい頑張ったからなんだよって。

「ぼく、天才じゃないよ！　だってさっきも言ったでしょ。小さいころからまほうのれんしゅうをしてて、まりょくをうごかすのがほかの人よりじょうずにできるんだ。おじいさんが言ってた、かいせきってのも、本をよんだらお姉ちゃんのまりょくをさがした時とおんなじようなことだったからできただけだもん」

そしたらお爺さんは僕の剣幕に驚いたのか一瞬ぽかんとした後、にっこり笑ってこう言ったんだよ。

「ほっほっほ。これはまた失礼したのぉ。小さい頃からいっぱい練習したのに、その努力を天才の一言で片付けられてしまっては坊やが怒るのも無理はなかろうて。いやはや、本当にすまなかった」

「ううん。ぼくががんばったって、ちゃんとわかってくれたんなら、ゆるしてあげるよ！」

笑いながらだけど、お爺さんはそう言ってちゃんと謝ってくれたから、僕は今度もちゃんと許してあげたんだ。

誰だって間違えることはあるもん。

相手が謝ったらちゃんと許してあげるのよって、お母さんがいつも言ってるからね。


「ところで坊やは下級ポーションの作り方を知らないって言っていたようじゃが、覚える気はあるのかのう？」

「ポーションの作りかた？　うん、おぼえようと思ってるよ。あとね、ぞくせいませきってのも作るんだ！　ぼく、まどうぐもいっぱい作るつもりだからね」

なんかやたらと下級ポーションを作ることにこだわってるなぁって思ったけど、元々僕も作り方は覚えるつもりだったからそう答えたんだ。

そしたらお爺さんはニカッて音が聞こえてきそうなくらいとっても嬉しそうな笑顔をした後、声をあげて笑い出したんだよね。

「ほっほっほ。そうじゃったか。いやぁ折角《せっかく》将来有望な坊やが現れたと言うのに、いきなり抽出を使ったなどと聞かされたからのぉ。基本を飛ばして上級ポーションを作るなんて言い出したらどうしようかと思って心配したわい。うんうん、じゃがきちんと基本が大事だということが解っているようでよろしい」

あっ違った。

お爺さんは僕がきちんと基本から学ぼうとしてるか心配してたみたいだ。

もぉ～、ちゃんと基本が大事だって知ってるからそんな心配はしなくてもいいのに。

「だいじょうぶだよ。れんきんじゅつのこと、よくわかんないんだから、ちゃんとべんきょうするつもりだもん。初めからむつかしいこと、やろうとしたってうまく行くはずないからね」

魔法だってきちんと練習したからうまく使えるようになったんだし、錬金術だってちゃんと基礎から覚えないと。

キュアが使えたからといったってすぐにヒールが使えるようになる訳じゃないし、マジックミサイルが使えても当然すぐにはファイヤーボールは使えない。

魔法と錬金術はどっちも魔力を使うんだから、基本は同じ様なものだと思うんだよね。

だからいきなり上級な事をやろうとしたって、そんなのできるはずがないんだ。

それに。

僕はこっそり自分のステータスを開く。

ルディーン
ジョブ　：　賢者《3／30》
サブジョブ　：　レンジャー《1／30》

たった一回ぶどうの種から油を抽出しただけで、一般職の欄には錬金術師が追加されている。

これって記憶の中にあったドラゴン&マジック・オンラインの一般職と同じなんだ。

ゲームの中での一般職は各ギルドでNPCからやり方を聞いて、その場で成功させれば1レベルが付くようになってたんだ。

そしてレベルに応じたレシピを繰り返し作ることでレベルが上がってくんだよね。

すこし違う所もあるけど、僕がいる世界でもレベルの上げ方はドラゴン&マジック・オンラインと基本は同じみたいだもん。

いきなり難しいことをやろうとしたって、失敗ばかりでレベルは上がらない。

きちっと最初から順番に覚えていった方が、早く錬金術をうまく使えるようになるんじゃないかなって僕は思うんだ。

「ほっほっほ、いい心がけじゃ。ではそんなお利口な未来の大錬金術師に、お爺さんからいいことを教えてやろう。坊やは抽出が使えるのじゃから、本に書かれているような薬草を使った下級ポーション作りから始めるのではなく、抽出したものに魔力を付与する練習をするのがよいと思うぞ」

「下級ポーションじゃなくてもいいの？」

さっきまではあんなに下級ポーションは作らないの？　って言ってたのに、急にこんなことを言いだすんだもん。

僕はびっくりして聞き返したんだけど、お爺さんは笑顔のまま頷いて、その方がお金が掛からないからのぉって言ったんだ。

「確かに普通は下級ポーション作りから始めるのが一般的じゃが、これはまだ抽出ができない駆け出しの錬金術師が魔力を付与する物を一番安く得る方法だからなのじゃよ。ふむ。いい機会じゃから下級ポーションの作り方を説明してやろう」

そう言うとお爺さんは、カウンターの下から魔道コンロと小さななべ、そして乾燥させた葉っぱを取りだした。

そしてそのなべの中に乾燥した葉っぱを入れてから水差しの水を入れると、魔道コンロでゆで始めたんだ。

「ほら見てごらん、お湯が茶色くなってきただろう。薬草をこうして煮ると、その成分がお湯に溶け出すのじゃ。こうすることによって薬草の中から必要なものを抽出しておるわけじゃな」

そっか、さっきなべに入れてた乾燥した葉っぱは薬草だったんだ！

それを煮たら下級ポーションに必要な成分が取り出せるってことなんだね。

「この茶色いのが、とけだした薬草のせいぶん？」

「そうじゃ。そしてその煮出した汁をこうして濾《こ》してっと」

そう言いながらお爺さんは、これまたカウンターの下から取り出した目の細かい網のような布に通してその煮汁を器に入れる。

そうして成分を抽出し終わった薬草などのゴミを取り除いたんだ。

「これで抽出作業は完了じゃな。どうじゃ、坊やのように抽出ができるものからすると面倒じゃろう?」

「う〜ん、めんどうって言うより、火を使うからお母さんがやるのをゆるしてくれないと思う」

「なるほど、それも道理じゃな。坊やくらいの歳ではまだ火を扱うのが早いと、ご両親なら考えるじゃろうて」

お母さんやお姉ちゃんに頼めばやってくれるだろうけど、練習をいっぱいしようと思ったらこの作業もいっぱいしないとダメだもん。

それってきっと大変だと思うんだよね。

「じゃが坊やは抽出が使えるからその心配もなかろうて。火を使わなくても薬草から成分を抽出して、それを水に溶かせばいいだけじゃからのぉ」

「そっか、ぼくはちゅうしゅつができるから、わざわざになくてもいいんだね」

これはいいことを教えてもらえたって思うんだ。

だって本を読んで覚えてたら多分、煮出す以外の方法なんて思いつきもしなかっただろうからね。

「そうじゃ。では続きをやるぞ」

「うん!」

お爺さんは煮出した汁に、なにかの魔法をかけた。

「この魔法は本来の行程には無いものじゃよ。本当なら冷めるのを待つところなんじゃが、時間短縮の魔法で温度を下げただけじゃからな」

お爺さんはウインクしながら僕に今の魔法がなんだったのかを教えてくれて、その後、冷めた抽出液を少しだけ小皿のようなものに移した。

これは多分、小分けしないで次の工程をやってしまうと全部が下級ポーションになっちゃうからじゃないかな？

そしたら一度目で解らない所があった時、また最初の煮出しから始めないといけなくなるからこうしたんだと思うんだよね。

そして僕のその予想は当たってたみたい。

「坊やはまだ付与はやってみたことがないのじゃろう？　折角じゃからここで覚えていくといい。解析ができるのなら魔力の動きも見えるということじゃろうから、本を読むより実際に見たほうが覚えるのも早かろう」

そう言うとお爺さんは両手をかざして、手の平から魔力をその小皿の煮汁に向かって放出し始めたんだ。

「コツとしては魔力に順応しやすいものに、より多くの魔力が集まるようイメージすること。今回は薬草の成分じゃな。実際にそこにだけ魔力が集まるわけではないのじゃが、なぜかこうすることで付与がしやすくなると言われておる」

言われてるってお爺さんは言ったけど、ただなんとなく魔力を注ぐよりも何かに向かって注いでいるイメージを持った方が魔力の向かう方向が決まるから付与がしやすくなるんじゃないかなぁ？

魔法を使ってるといつも感じるんだけど、キュアとかマジックミサイルでもここに当ててるんだって思いながら撃つとちゃんとそこに行くもん。

探知魔法だってこっちの方って決めないと発動しないから、イメージは魔力を扱うのにとっても大事なんだって僕はそう思うんだ。

「それに基礎段階でそのことを心がけておれば将来、複数の成分に魔力を付与するようになった時にコツを掴《つか》みやすくなるのじゃよ」

へ～、そんな錬金をする事もあるんだね。

やっぱり上級ポーションとかを作る時は、そんな風にいろんな成分に魔力を込めないといけないのかなぁ？

「因《ちな》みに付与と言うのは後々まで使う大事な技術でのぉ。上位の魔道具作成や武器や防具へ魔力を付与する時もこの技術の応用が使われておるのじゃ。それだけに最初が肝心で、基礎の習得を疎かにすると将来にわたって苦労するのじゃが……」

「れんしゅうはだいじだよね。まほうのれんしゅうだって、ちゃんと毎日やったからうまくできるようになったんだってぼく、教えてもらったもん」

「そう、練習はとても大事なのじゃ。しかし若いもんはとにかく飽きやすくてのう、いつも疎かにしおる。それが将来にわたって影響してくるといくら言ってもサボろうとするのじゃ。それに比べて坊やは偉いのぉ」

「えへへ」

当たり前の事をやってるだけなのに、こんなに褒められちゃっていいのかなぁ？　でもお爺さんは心の底からそう思っているみたいで、魔力を注ぎながらも僕の方を見てにっこりと微笑んでくれたんだ。


「そろそろ良さそうかのぉ」

そう言ってお爺さんは小皿に手をかざすのをやめた。

魔力の付与が終わったって事かな?

そう思った僕は小皿を覗き込んで、その液体を調べるスキルを使ってみた。

「鑑定解析」

そしたらちゃんと下級ポーションと出て、そのうえこの薬品の効果も一緒に頭の中に浮かんできたんだ。

そっか。このスキルで薬とかを調べると、それを使った時の効果まで出て来るんだね。

って、名前が同じなんだから鑑定解析の効果がドラゴン&マジック・オンラインの時と同じなのは当たり前じゃないか。

「なっ、何じゃと!?」

そう心の中で一人漫才の様なことをして自分で自分に突っ込んでたら、お爺さんが急に変な声を上げたんだ。

本当に急だったから僕、びっくりして胸がどきどきしちゃったんだよ。

それでねぇ、いったいどうしたんだろう？　って思ってお爺さんを見ると、さっきまでのニコニコとした表情はどこへやら。

口をあんぐりと開けてとってもびっくりしたお顔をしてたんだ。

どうしたんだろう？　もしかしてまた知らない内に変なことしちゃったのかなぁ？

ちょっとだけ不安になりながら僕は、そんなお爺さんの顔をまじまじと見つめてたんだ。


「どうしたの、おじいさん？」

その後しばらくの間お爺さんの顔をじっと見てたんだけど、一向に帰ってこないようだったから僕のほうから声を掛けたんだよね。

そしたらお爺さんは絞り出すような、ちょっと擦《かす》れた声でこう言ったんだ。

「ぼっ坊や、今使ったのはもしや鑑定解析のスキルか？」

「ん？　そうだよ。ぼく、かんていかいせきってスキルも使えるんだ！」

そんな僕の返事を聞いて、お爺さんはまた口をあんぐりと開いて固まっちゃったんだよね。

でも僕は同じ失敗は二度続けたりしないよ。

今度はちゃんとすぐにお爺さんに声を掛けてあげたんだ。

「おじいさん、どうしたの？　なんかびっくりすること、あったの？」

でもお爺さんはそれに気が付いてないみたいで、何かぶつぶつと独り言を呟き始めたんだよね。

だから僕、その独り言に返事をすれば気が付いてくれるんじゃないかな?　って考えて耳をすませたんだけど……。

「まさかそんな。こんな子供がローグや密偵のジョブを得ているなどありえん。じゃがしかし、鑑定解析は熟練の斥候ジョブでなければ取得できないはずじゃし。それに、そもそも……」

ありゃ?　もしかして鑑定解析って習得してるのを秘密にしておかないといけないスキルだったのかな?

そう言えば、ドラゴン&マジック・オンラインでも盗賊のレベルが5レベルにならないと習得できないスキルだったっけ、これ。

そこまで思いだして、僕はちょっとあせる。

盗賊って泥棒のことだよね?

もしかして僕、悪者だと思われてる!?

「おじいさん!　ぼくね、わるもんじゃないよ!」

「む?　ああ、そんな事は解っとるよ」

慌てて僕は悪者じゃないよ!　って言ったんだけど、それを聞いたお爺さんは一瞬何を言ってるんだ?　ってお顔をした後、そうやってあっさりと返事したんだ。

う〜ん、どうやらお爺さんは初めから僕が悪者だなんて少しも考えていなかったみたいだね。

「なんで?　かんていかいせきって、わるもんしか使えないんじゃないの?」

「おや、これはすまんかったのぉ。ワシの独り言で坊やを不安にさせたようじゃわい」

だって僕がそうやって疑問をぶつけたら、お爺さんは僕の頭をなでながらそう言ったもん。

僕の頭をなでるお爺さんの顔はお兄ちゃんやお姉ちゃん、それにお母さんと同じ様な笑顔だから、僕はお爺ちゃんの言葉を素直に信じることができたんだ。

「悪いことをしてる者はのぉ、どうしても目に出るのじゃ。そりゃあ長年悪いことを繰り返すうちにそれを隠すのがうまくなる者もおるが、坊やくらいの歳ではさすがに無理であろう？　じゃから坊やが悪人ではないと、ワシには解るのじゃよ」

「そっか、よかった！」

それを聞いて一安心。

だって悪者だって思われたら錬金術のこと、もう教えてもらえなかったかもって僕、思ってたもん。

でも悪者だと思っていなかっただけで、お爺さんの疑問は何も解決してないんだって僕は気が付いてなかったんだ。

だからなのかな？

次のお爺さんの質問を聞いても、僕は何のことか解んなかったんだよね。

「ところで坊やは一体どこの家の子なんだい？」

「どこの家の子？」

どこのってことはお家のある場所を聞いてるんだよね？

村の名前を言えばいいのかなぁ？

でも、それだとどこに住んでるのかって聞き方をするよね?

質問されたことがよく解らなくて、僕は腕を組みながらう～んと唸っちゃったんだ。

お爺さんは僕がそんな態度をとるなんて思ってなかったのかなぁ。

首を左右にこてんこてんと倒してる僕を見て、慌ててさっきの言葉をもっと詳しく説明してくれたんだ。

「そんなに悩むとは思わなんだ。その様子からすると、ワシの言葉が足らんかったようじゃな。坊やはその歳でもう魔力の操作を覚えているくらいなのじゃから、貴族か大きな商会の御子息なんじゃろう?　それに鑑定解析なんて特殊なスキルをすでに覚えているということは、さぞ特殊な家の子なのだろうとワシは考えたのじゃが……その様子では違うのかのう?」

「うん。ぼく、おきぞくさまじゃないし、商会の子でもないよ。グランリルって村にすんでるんだ」

それを聞いたお爺さんは何でか解んないけど、なんとも不思議そうな顔をしたんだよね。

「グランリル……と言うと、強い魔力溜まりがある森が近くにあるという、あのグランリルの村かな?　じゃがワシが知りうる限り、あそこは狩りを生業《なりわい》にするものばかりで魔法使いもいなければ斥候を養成するような機関も無いはずじゃが?」

「うん!　しさいさまはいるけど、まほう使いはいないよ。それに、せっこう?　ってのもいないと思う。ぼく、そんな人知らないもん」

もしかしたら僕が知らないだけかもしれないけど、村長さんや司祭様、それに図書館の司書さん以外の村の人たちはみんな魔物を狩って生活してるはずだもん。

多分そんな聞いたことないようなお仕事をしてる人は居ないと思うよ。

だから僕は自信を持って、お爺さんにそう教えてあげたんだ。

「ふむ。ならば坊やは鑑定解析を自力で覚えたということか。しかしどうやって？　あれは秘匿スキルのはずなんじゃが」

「ひとくいスキル？」

「これこれ、間違えるでない。人食いでは無く秘匿スキル、習得方法が隠されているスキルのことじゃよ。鑑定解析の本来の使い方は隠し部屋やその仕掛け、それに隠れている者を探すスキルでのぉ、これを使えば抜け道や隠し部屋の開き方などがすぐに解ってしまうのじゃ。それだけに皇帝や貴族などの要人、あ～つまり偉い人じゃな。その者たちを守る為にはあまり広まってしまうと困るタイプのスキルじゃから存在は知られておるが、その習得方法は秘伝となっておる」

そう言うとお爺さんは僕の顔をまじまじと見つめて、興味深そうに聞いてきたんだよね。

僕がどうやって鑑定解析を覚えたのかを。

でもさぁ、隠されてるんでしょ？

教えちゃっていいのかなぁ？

「おぼえ方ってひみつなんだよね？　ぼくが話しちゃったら、えらい人におこられないかなぁ？」

「おお、そういう考え方もあったか。じゃが大丈夫であろう、ワシもこのスキルの重要性は十分に理解しておるつもりじゃからのぉ。坊やから聞いても誰にも話すつもりはない。これは神に誓ってもよいぞ」

「神さまにちかうの？　なら話してもだいじょうぶだね」

　神様は本当にいるんだから誓った事を破ったらきっと罰が当たるもん！

　そこまでするってお爺さんは言ってくれたから、僕はどうやって覚えたのかを教えてあげることにしたんだ。

「あのねぇ、ぼく、まずはえものをさがすまほうを作ったんだ。でね、そのまほうが、かいせきってのとよくにてたから、かいせきっぽくそのまほうを使ったら、かんていかいせきのスキルがついたんだよ！」

　どうだすごいでしょって、僕は胸を張ってお爺さんにそう教えてあげたんだ。

　でもお爺さんは、どうやらその説明ではよく解んなかったみたい。

「獲物を探す魔法？　それは一体どう言うものなんじゃ？　それが解らんことにはその後の話もよく理解できんから、もう少し詳しく教えてはもらえんかのぉ」

　そっかぁ、獲物を探す魔法のことが解んないのか。

　僕が思いついたくらいだから、魔法使いがいっぱいいるイーノックカウの人なら同じ様な魔法を知ってると思ったのに。

　でもお爺さんが解らないって言うんだから、僕は意地悪せずに教えてあげることにしたんだよ。

「あのねぇ、ぼくたちの周りにはまりょくがあるでしょ？　それを前に向かって波にして動かすんだよ。そしたらね、人とか、えものとかのまりょくを持つものにあたるとその波がはねかえって来るから、それでどこにいるのか、わかるっていうまほうなんだ」

「なるほど、やり方は違うようじゃが、サーチと同じようなものと言うわけじゃな」

サーチ？　なんだそれ？　僕が使っている物とは違うみたいだけど、似たような方法があるって事なのかなぁ？

それにサーチって名前、どう考えても僕の前世の記憶にある言葉だよね。

意味も同じみたいだし。

ということはこのサーチってのは魔法なのかな？

でもドラゴン&マジック・オンラインにはそんな魔法は無かったはずだし。

ならこれは魔法じゃないの？

う～ん、解んないや。

「ん？　なんじゃ、その顔は。もしかしてサーチを知らんのか？」

「うん、しらない」

どうも考えていることが顔に出てたみたいで、お爺さんは僕を見ながら首をひねりそう言ってきたんだよ。

僕、サーチと言うものがスキルなのか魔法なのかさえ知らないもん。

だから素直にそう答えたんだけど、そのお返事はお爺さんにとってかなり意外だったみたい。

不思議そうに、そんなはずはないんじゃがのぉなんて言ったんだよね。

「ふむ、サーチを知らないとは、ちとおかしいのぉ。あれは初歩の魔法じゃから、家庭教師に習ったのなら一応は説明くらいは受けておるはずなのじゃが」

「へ？　ぼく、かていきょうしに習ったんじゃないよ。まほうは、村のとしょかんにあったご本をよんでおぼえたんだ」

お爺さんが勘違いしてるみたいだから、僕は間違えてるよって教えてあげたんだ。

そしたらそれを聞いたお爺さんは納得したみたいで、サーチがどういうものか僕に教えてくれる気になったみたい。

「なんと、本を読んで覚えたと言うのか。それはまた凄いのぉ。しかし、それなら納得じゃな。坊やくらいの歳ならすべての魔法ではなく、比較的派手な魔法を覚えたがるものじゃ。その点このサーチは地味な上に使いどころも限定的な魔法じゃから、子供が覚えたがるとも思えんしのぉ」

びっくり！　サーチって探知魔法に似てるのにあんまり使えない魔法なんだ。

でもそっか、やっぱりサーチって魔法だったんだね。

ドラゴン＆マジック・オンラインには無かった魔法ってことは、この世界で作られた魔法なのかな？

でもこの世界で作られた魔法なら、なんで前世の世界の言葉なんだろう？

まさか偶然ってことはないよね。

こんなことを一人で悩んでても答えは出ないだろうし、目の前に聞く相手がいるんだから解んないことは聞いた方がいいよね！

答えは出ないかもしれないけど、もしかしたら出るかもしれないもん。

「ねぇ、おじいさん。サーチってどんなまほう？　それに、サーチはなんでサーチってじゅもんなの？」

「ふむ、そう言えば効果の説明がまだじゃったのう。サーチという魔法は暗闇の洞窟や煙が充満して前が見えない時などに使って、そこに生き物がいるかどうかを調べる魔法なのじゃ」

なるほど、サーチは確かに僕の探知魔法に似てる魔法だね。

でもさ、居るかどうかが解るだけの魔法って言うのなら目的の獲物が居る場所は解らないって事だよね？

なら使い道、無くない？

僕はそんな風に思ったんだけど、ところがそれがどれだけ何も知らないお子様の考えなのか、この後思い知らされることになったんだ。

「こう言うと地味に聞こえるかもしれないが、落盤事故や火災の時などにはとても役立つ魔法なんじゃよ。なにせ、岩や壁などの向こう側にいたとしても生き物を見つけることができるのじゃからな。それに使い方次第では迷宮や遺跡でこの魔法を使い、待ち伏せする魔物を見つけるという使い方もできるそうじゃ」

なるほど、そういう使い方があるのか。

それに壁とかは素通りして生き物だけに反応するところなんて、確かに僕の探知魔法に似てるね。

でもそんな魔法を作るくらいなら僕の探知魔法みたいにしちゃった方が便利なんじゃないかなぁ？

なんて思ったんだけど、聞いてみたらそれは流石に無理だろうって言われちゃったんだ。

「さっきの説明からすると、坊やがやっている方法はかなり高度な魔力操作技術が必要なのではないかな？　ならばそれを魔法にしたとしても、かなり高レベルでなければ発動させることすらできないじゃろうて」

だってさ。

そう言えばキャリーナ姉ちゃんに教えようとしたけど、いくらやろうとしてもできなかったっけ。お姉ちゃんはもうある程度キュアを使いこなしてるから魔力操作は慣れてきてるはずなのに、あれだけ教えてもできないってことはやっぱり難しいんだろうなぁ。

「それだけにそれが使える坊やはかなり特殊なのじゃ。じゃからこの魔法に関してはあまり話して回るべきではないと思うぞ。よからぬ者の耳に入れば、どんな厄介事に巻き込まれるか解らんからのぉ」

「ええ、そうなの!?　でもぼく、お父さんにこのままほうのこと、言っちゃったよ？」

「ほっほっほっほ、ご両親やご兄弟相手なら問題は無かろう。知らない人が居る所ではあまり話すべきではないと言うだけのことじゃ」

そっか、良かった。

秘密にしなきゃいけないって言うのなら、村の人たちと狩りに行ったりした時は使えなくなっちゃうからどうしようって思っちゃったよ。

「ただ知っている人の前だけで使うとしても、この魔法が使えると広まれば悪《あ》しき者に目をつけられるかもしれないと注意されたと言うことだけは伝えておくべきじゃな。そうしないと別の誰かから、坊やがこの魔法を使えることが広まってしまうかもしれないからのぉ」

「うん、わかった！　あとでお父さんにもそう言っておくね」

「うむ、その方が良かろう」

ちゃんと忘れずにお父さんに言わないとね。

お父さんの事だから、お酒とか飲んじゃったらうっかり言っちゃいそうだもん！

きちんと注意しておかないと。

僕はふんすっ！　と気合を入れて、そう決意したんだ。


「ところで坊や。先ほどなにやらもう一つ、聞きはしなかったかのぉ？」

「うん！　ぼく、おじいさんのお話を聞いて、何でなのかなぁ？　って思ったからちゃんと聞いたんだ。あのねぇ、サーチってどうしてサーチってじゅもんなの？　それにどうしてサーチってとなえるとサーチのまほうが使えるってわかったの？」

僕がそう教えてあげると、お爺さんはそうじゃったそうじゃったと言って、長いお髭を撫でながらうんうんと頷いたんだ。

「サーチに限らず魔法と言うのはある言語を基に作られておっての、その言語を使って意味を成す言葉を作り、それに魔力をこめると魔法が発動することがあるのじゃよ。そうじゃのぉ、マジックミサイルという魔法は知っておるかな？」

「うん！　ぼく、お父さんといっしょにきのう、そのまほうでまものをかったんだよ！」

とってもなじみの魔法が出てきたから、僕は嬉しくなってそう自慢したんだ。

そしたらお爺さんは嬉しそうに笑って、偉い偉いって僕の頭を撫でてくれた。

「そうか、坊やは優秀な魔法使いでもあったか。そんな坊やが得意としておるマジックミサイルも、魔法を表す〝マジック〟と飛ばすを表す〝ミサイル〟という言葉からできておってのぉ、つなげると魔法を飛ばすとなるわけじゃ」

そう言えば狩りの時にお父さんがマジックミサイルを物理攻撃だって言ってたっけ。

魔力を固まりにして矢のように飛ばしてるって考えれば、確かに物理攻撃のような効果が出てもおかしくないよね。

でもさぁ、今ので呪文がこの世界でも知られている言語だってのは解ったよ。

でもそれだと、もっとおかしなことにならない？

その言語は僕の前世のものと同じなのに、あっちの世界では魔法なんて無かったもん。

それなのになんで魔法が無い世界の言葉が呪文になってるのさ？

「おじいさん、まほうがぼくたちが使ってる言葉とちがうってのはわかったよ。でも、なんでその言葉がまほうに使えるってわかったの？」

「おお、それはのぉ」

そこからおじいさんが語ってくれた話は、ちょっと不思議でとっても意外なものだったんだ。

「魔法に使われている言語はのぉ、実はこの世界の外からもたらされたと言われておるのじゃよ」

お爺さんが言うには、この世界って創造の神ビシュナ様が作ったんだって。

その時にビシュナ様は別の世界の神様から、いろんなことを教えてもらいながら作ったそうなんだ。

その神様はね、魔法を使える世界を作るつもりなら魔法と言うものを知っているのに使うことができない世界の者たちの考えを参考にすべきだって言ったそうなんだ。

ビシュナ様はよく解らなかったみたいで、その神様に何でなのって聞いたんだよ。

そしたら魔法が使える者たちの考えだけで世界を作ると必要最低限の魔法しかその世界には生まれないからだよって返って来たんだってさ。

言われてみればその通りで、例えば火が必要なら着火する魔法があればいいし、水が欲しければ水を生み出す魔法があればいい。

それに魔法で攻撃したければ物を飛ばす魔法一種類があれば問題ないんだから、いくつもの魔法を作り出す必要なんてないんだよね。

でもこんな考えじゃあ新しい魔法を思いつくはずがないし、自由な発想なんてもっと出てくるはずがない。

その点魔法と言うものを知っているのに使えない世界の人たちは魔法と言うものに憧れを抱いているから、想像の世界でいろんな魔法を思いつくらしいんだ。

だからそれらを参考にすれば、色々な魔法が生まれる世界ができあがるよって言われたんだってさ。

その言葉に感動したビシュナ様は、実際に神様たちが作った世界を見てまわっているうちに自分の理想の世界に近い物語を見つけた。

その物語そっくりに作ったのがこの世界なんだってさ。

「その世界に似せてお作りになられたおかげで、我らは新たに魔法を生み出すと言う発想をもつことができるのじゃよ。もしご自分で魔法を作られていたら、神の力に及ばぬ我らが魔法を作り出すことなど叶《かな》わなかったであろうし、何よりビシュナ様が降臨なされた時にその世界の言葉を我らの先祖に伝え、新たな魔法の製作を許可してくださったからこそ今があるのじゃからな」

なるほど。この世界の魔法がなんで僕の前世の言葉なのかって不思議に思ってたけど、そういう理由だったのか。

てか、それ以前に創造の女神様であるビシュナ様が参考にした物語って間違いなく原作のドラゴン＆マジックだよね？

それなら僕が知っている魔法とこの世界の魔法が同じだって言うのも解るし、ゲームでは使えなかった設定魔法が使えるようになっているのにも納得がいくもん。

でもだからと言って、魔族までそのままこの世界に設定しなくてもいいのにって思うけど。

ううん、神様の考えたことだから何か理由があるのかも？

僕としてはどんな理由があってもそんなのはいないない方がいいと思うけど、神様は違う考えかもしれないからそんな風に考えちゃダメだよね！

だからビシュナ様、ちゃんと反省したから天罰は与えないで下さい、お願いします。

さて、お爺さんのお話はこれで終わりじゃなかったんだ。

「ただ、ビシュナ様がこの世界にもたらした別世界の言語なんじゃがのう。その世界の言葉を知るものが誰もおらぬから、長年研究をしておるにもかかわらずほとんど解明できておらんのが実情じゃ。その上魔大陸スランテーレが封印されたことによって高位の魔法使いや神官、そして技術者がいなくなってしまってな。いくつかの魔法や魔道具製作の技術が失伝してしまっておる。特に空を飛ぶために必要なフライの呪印の刻み方や転移の魔法、それにマジックバッグの制作方法が失伝したのが残念でならん」

このお話を聞いて、僕はびっくりしたんだ。

「昔はお空をとべたの？」

「うむ。そう伝えられておる。しかし先ほども言った通り、その技術は失われてしまったのじゃよ」

昔は飛べたんだからきっと何とかなるって。偉い人が長い間研究したんだって。だけど呪印を刻む方法は、まだ誰も見つけられないらしい。

「そっかぁ、お空はとべないのかぁ」

ちょっと残念だけど、お空を飛ぶのは諦めるしかないみたいだね。

そう考えてがっくりしちゃったんだけど、そんな僕の姿を見たお爺さんはこんなことを言ったんだよ。

「ほっほっほ。坊や、そうとは限らんぞ」

だからさ、僕はびっくりして慌てて聞き返した。

「え～っ！　もしかしてお空をとぶ方法、ほかにもあるの？」

「いや。今のところ、呪印以外で人間が空を飛ぶ方法は見つかってはおらん」

でも返って来たのは、そんな言葉。

なんだぁ、やっぱり無理なんじゃないか！

そう思って両手をあげながら抗議をしようとしたんだけど、お爺さんはそんな僕をなだめながらこう言ったんだ。

「そうあわてるでない。人の話は最後まで聞くもんじゃ。先ほども言った通り、昔は空を飛べたのじゃから呪印を授かる方法さえ解れば、空を飛ぶことも可能なのじゃ」

「えぇ～だってさっき、その方法がわかんないって言ってたじゃないか！」

「うむ、確かに今は解っておらん。じゃがのぉ、解らないことがいつまでもそのままとは限らないのじゃ」

ん？　それってどういうこと？

そう思いながら頭をこてんって倒すと、お爺さんは笑いながら教えてくれたんだ。

「実はな、創造の神ビシュナ様は何百年かに一度、この世界に光臨なさるのじゃよ。坊やは勇者様の話を知らないかのう？　４００年前もビシュナ様はヘルトと言う少年の前に降臨なされて使命を与えられたと言われておる」

「ビシュナさま？　ってああ、そっか！　わかんないことは、ビシュナさまがこうりんしてきたときに聞けばいいのか！」

「うむ、その通りじゃ。そしてビシュナ様が再降臨なさるのは創造の大神殿に降りた神託により、これから10年以内ではないかと言われておるのじゃよ。前回の御降臨では魔王のこともあってか何の知識も与えてはくださらなかったが、それまでは毎回新たな知識をいただけたとのこと。もしかするとその知識を我らに与えてくださるかもしれんのじゃ」

　そっかぁ。この世界を作った神様なら、きっとお空の飛び方だって知ってるはずだもん。

　そしたら僕らだってお空を飛べるようになるかもしれないね！

「おっと、いかんいかん。坊やの珍しいスキルに驚いたせいですっかり忘れておったわ」

　僕がもしかしたらお空を飛べるようになるかもしれないってわくわくしてたら、お爺さんが急にそんなことを言い出したんだ。

「どうしたの、おじいさん？　何かわすれもの？」

　だから僕はそう聞いたんだけど、その様子にお爺さんは苦笑い。

「坊やもすっかり忘れておるようじゃのぉ。ワシらはさっきまで何をやっておった？」

「あっ、そっか。かきゅうポーションの作り方を教えてもらってるんだった！」

　そういえば薬草を煮だして、それを冷やしたものに魔力を込めると下級ポーションができあがるんだって目の前でやってもらってたんだっけ。

で、小皿に移したほんのちょっとの煮汁が下級ポーションに変わってたのを、僕が鑑定解析で調べたから話が別の方向へ行っちゃったんだった。

「坊やも思い出したようじゃのぉ。折角作ったのに薬草の煮汁は時間が経つと劣化してしまう。そうなったら魔力を込め難くなってしまうから、坊やの練習に使うのなら早くせねばなるまいて」

お爺さんはそう言いながら煮汁の一部を新しく取り出した小皿に移して、僕の前に差し出した。

「少々脱線してしまったが、やり方は覚えておるかの?」

「えっと、ちゅうしゅつされた薬草の成分にまりょくが集まるイメージ、だったよね?」

「うむ、そうじゃ。やってみてごらん」

そう言われたから僕は、薬草の煮汁が入った小皿に両手をかざして魔力よ入れぇ！　って思いながら体の中の魔力を手の平から出してみた。

そしたらその魔力がどんどん煮汁に溶け込んで行ったんだ。

「魔力の操作が得意と言っておったが、本当にうまいんじゃのぉ。うむ、もうやめても良いぞ」

お爺さんの合図で僕は魔力を出すのをやめて、さっきまでただの薬草の煮汁だった物を鑑定解析で調べてみた。

そしたらちゃんと下級ポーションになってたんだ。

「やったぁ！　ぼくもかきゅうポーション、作れた！」

そう言いながら僕は両手をあげて大喜び！

目の前の下級ポーションがこぼれちゃうといけないからいつもみたいに飛び跳ねはしなかったけど、そうしたいくらい僕は嬉しかったんだ。

「これこれ、喜んでばかりではだめじゃ。まだどれくらい魔力を込めればいいのか解ってはおらんじゃろう？　ほれ、何度も繰り返してワシが声を掛けずとも完成できるよう練習するのじゃ」

「うん！　ぼく、がんばるよ」

その後も下級ポーション作成をやったんだけど、お爺さんに合図してもらわずに自分一人でやると魔力を込めすぎて失敗したり、逆に足らなさすぎて失敗したりしたんだ。

でも何度かそうしてる内に、僕は魔力を注いでいる時に目の前の煮汁の中を流れる魔力を感じることができるようになって行った。

なんと言うかなぁ、お姉ちゃんに魔法を教えた時と同じような感じ？

自分以外のものの中にある魔力を感じることで、どれくらい込めるのが一番いいかが解るようになってきたんだよね。

だからその量を目安に魔力を込めて行って。

「ここっ！」

僕が感じた一番のところで魔力を止めたんだ。

そして鑑定解析！

ちゃんと下級ポーションが出来上がっていることを確認して、僕はにんまりとしながら、目の前に居るお爺さんの顔を見上げたんだ。

「なんと、もう魔力の適量を摑んだのか？　いや、というより魔力を感じ取ったといったところかのぉ。いやはや、本当に魔力操作が上手な坊やじゃ」

そしたらお爺さんはとっても嬉しそうな顔でそう言いながら、ほっほっほって笑ってた。

てっきりこうやって魔力を感じて必要な量を知る方法に僕が自分で気付くようにと何度もやらせてたんだって思ってたんだよ。

でもこれはただ下級ポーションを作るのにどれくらい魔力を込めたらいいかを覚えるためだけの練習で、そんな難しいことまでは求めてなかったみたい。

「目の前のものに込められた魔力量を感じ取るなんてことは、全ての者ができる訳ではないのじゃよ。坊やのように自分の周りにある魔力や他人の魔力さえ操れるほど魔力操作を身につけた者でなければまず不可能じゃからな。しかし、それほどの者でも普通はそう簡単には出来ないものなのじゃが……これはまだ坊やが幼く、思考が柔軟だからこそ大人のように難しいと感じることなく自然と正解にたどり着けたのかもしれぬ」

だってお爺さんは僕がこんなことをできるようになるなんて、まったく思ってなかったみたいなんだもん。

そっか、僕がやったのってすごいことなんだね。

じゃあさぁ、この方法でポーションとか作ったら普通のよりもっと凄いのが出来ちゃったりするのかなぁ？

そう思ってお爺さんに聞いてみたんだけど。

「いや、この方法ならば誰の妨害も受けない場所で作業すれば確実に成功すると言うだけじゃよ。まぁ、魔力量が完璧に近いのじゃから少しは効果も上がるであろうが、1割も2割も効果が上がる訳ではないからのぉ。ポーションのようなものでは誤差程度の品質上昇しかしないと思うぞ」

「え～、じゃあぜんぜんすごくないじゃないか！　もぉ～！　さっきはぼくがすごいことをやったみたいに言ってたのに」

期待だけさせておいて、実は難しくて誰でもできるわけじゃないっていうだけの物だったなんて、ホントがっかりだよ。

そう思って僕は怒ったんだけど。

「いや、これは凄いことなんじゃよ」

お爺さんは改めて僕がやったのはとっても凄いことなんだって教えてくれたんだ。

「坊や、よくお聞き。そもそも錬金術と言うものはとてもお金が掛かるものなのじゃよ。例えば先ほどの下級ポーションだって、使っている薬草は貴重なものじゃから自分で森に入って採って来るのならともかく、冒険者に採取を依頼すれば結構な値になる。そんなものでもこれこの通り、先ほどの坊やのように魔力の付与に失敗すれば全て無駄になってしまうのじゃ」

そう言ってお爺さんは、僕が失敗して下級ポーションにならなかった薬草の煮汁を指差した。

今回は小皿に少量の煮汁を入れて練習したから失敗した量はたいしたことないけど、普通に下級ポーションを作ろうと思ったらこんな面倒なことはしない。

ほんとは一度にもっと多くの煮汁に魔力を付与するんだから、確かに失敗した時は大損害になっちゃうよね。

「それでも薬草ならたいした金額ではないからまだ諦めは付くじゃろうが、これが属性魔石の製作となるとそうはいかん。大きな属性魔石を作ろうと思えば、素材として用意する魔石は金貨にして数百枚、いや、物によっては数千枚のものまであるのじゃから一度の失敗で身を滅ぼしかねないというのは坊やにも解るじゃろう？　じゃが坊やが先ほどやってみせた、どれくらいの魔力を込めればよいのかを作業中に確かめながら付与する方法なら作業中に妨害でもされない限りは絶対に成功するのじゃ。これをすごいと言わずしてなんと言うのじゃ？」

そっか、言われてみれば確かに絶対に成功するってすごいことだよね。

特に僕が錬金術を覚えようって思った最大の理由は属性魔石を作りたいからだもん。

この技術はその作成で失敗をしなくなるっていうものなんだから、がっかりどころか大喜びすべきものだったんだ。

「それにのぉ。上級ポーションを作る時のように材料の中に含まれる複数の成分に魔力を付与しなければならない時にも、この魔力を感じ取れると言う技術は役に立つのじゃよ」

「そっか。実はすごかったんだね。うぅ〜……やったぁ！」

ガタン。

僕は座ってた椅子を後ろに跳ね飛ばしちゃうほどの勢いで立ち上がって、飛び跳ねながらバンザイして喜んだんだ。

ただ。

「これこれ、そんなに勢いよく立ち上がっては、折角の薬草の煮汁がこぼれてしまうじゃろう」

「ごめんなさい」

その喜び方が激しすぎて、お爺さんに怒られちゃったけどね。

「よし、これでもう完璧にやり方を身につけたようじゃ」

この後、残っている薬草の煮汁で何度か魔力の流れを見ながら付与する方法を練習してたらお爺さんがもう大丈夫って太鼓判を押してくれたんだ。

でね、この魔力を見ながらの付与についてもう一つ、いいことを教えてくれたんだ。

「この方法をきちんと身につけたことで、坊やは素材に一番適した許容魔力範囲が解るようになっておるはずじゃ。じゃからのぉ、これからはたとえ見知らぬ素材や初めて触る素材に魔力を付与することになったとしても、それに合わせて魔力を付与するようにすれば失敗しないはずじゃ」

「ええっ、そうなの!?」

「うむ。下級ポーション作成でも魔力が十分に付与できたと知ることができたのじゃろう？　ならば他の素材でも同じじゃ。その目で見て、ここが最適じゃと思うところで付与をやめればよい。そうじゃ、ためしに別のものを作ってみるのが良かろう」

お爺さんはそう言うと、カウンターの下の方でなにやらごそごそと探し始めたんだ。

そしてやっとその探し物を見つけたらしくて、

「あったあった。これじゃ」

そう言ってあるものを僕の前に差し出したんだけど、それは僕がよく知ってるものだったんだ。

「これって……」

「うむ、魔石じゃ。坊やはグランリルの村から来たと言っておったのぉ。そこから持ち込まれたものじゃな」

そう、お爺さんが差し出したのは小さな、米粒くらいの大きさの魔石だった。

僕が知っている魔石を使った錬金は二つ。

一つは魔力を通して柔らかくなった魔石を溶解液に入れて溶かし、それを水で薄めるとできあがる魔道リキッド作成。

だけどこれには魔力の付与は関係ないから今は多分関係ないと思う。

ということは、もう一つの方って事だよね？

「おじいさん、これから作るのってもしかして？」

「その顔からすると思い至ったようじゃな。そうじゃ、これから坊やに作ってもらうのは属性魔石じゃよ」

なんと！　いつかは挑戦しようと思っていた属性魔石の作成に、こんなに早く挑戦できるなんて。

属性魔石作成なんて絶対難しいだろうと思うでしょ？

だから初めはもっと簡単なことから練習して、ある程度錬金術のことが解ってからじっくりと本を読みながら覚えようなんて思ってたんだ。

だけどお爺さんがやり方を教えてくれるって言うのなら、絶対そっちの方がいい。

もし解らないとこが出てきても聞けば教えてもらえるから、すぐにできるようになるかもしれないもん。

僕って物凄く運がいいよね。

「坊やはマジックミサイルが使えると言っておったが、着火の魔法、イグナイトは使えるかな?」

そう思って喜んでたら、お爺さんからそんなことを聞かれたんだ。

「ちょっと待ってね」

だから僕は慌ててステータスの設定魔法のページを開いてみたんだけど、そしたらイグナイトの呪文は使用可能を示す白い文字だった。

使えるならこの魔法のことをもうちょっと詳しく知りたいなぁって思って、使い方や魔法の詳しい説明が書かれたページに切り替えてみる。

どうやらこの魔法、1レベルから使える生活魔法みたい。

その説明欄によると本来はロウソクとか焚き木に火をつける魔法なんだけど、ライトのように指先に火を灯すこともできるって書いてあったんだ。

どんな魔法か解ったところで、僕は早速試してみることにした。

「イグナイト」

魔力を体に循環させてその魔力が指に集まるようにイメージしながら呪文を唱えると、ロウソクくらいの小さな火が音も無く灯った。

この火、僕はまったく熱く感じないんだけど何か燃えやすいものに近づけると簡単に燃え移っちやうらしい。

だから僕、周りに気をつけながらその火をお爺さんに見せてあげたんだ。

するとお爺さんは満足そうなお顔でにっこり。

「うむ、ちゃんと使えるようじゃな。これが使えないと一番簡単な火の属性魔石も作れないから困ってしまうところじゃったが、坊やが使えて本当に良かった」

そう言いながら僕に笑いかけてくれたんだ。

どうやら属性魔石って、その属性の魔法を使えないと作ることができないらしい。

その中でも基本である火、水、土、風の4属性の内、一番低レベルから使える魔法がこの着火魔法イグナイトなんだって。

因みに錬金術の腕が上がってくると作れる属性が増えて行くそうで、次に作れるようになるのが光と闇の2属性。

そしてもうちょっと上達して色々な魔法が使えるようになったら氷や雷のような特殊な属性魔石も作れるようになるんだってさ。

「その火を灯した時の魔力の変化は覚えておるかな？　もし覚えておらぬのなら一度魔法を解除し、もう一度イグナイトの魔法を唱えなおすのじゃ。そうして覚えた火に変わる魔力を魔石に注ぎ込み、付与することによって火の属性魔石が出来上がるのじゃよ」

「火に変わるまりょく……イグナイト」

僕は一度イグナイトの火を消してから、もう一度魔力の流れを覚えるように注意しながら呪文を唱えなおした。

なるほど、これが魔力の変化か。

なんとなく使っていた時は解らなかったけど、ちゃんと気にして使ったら呪文によって僕の中で魔力が火に変換されて行くのがよく解る。

で、お爺さんの話からすると、この魔力が形になる前の段階のものを魔石に注ぎ込めば火の魔石が出来上がるってことなのか。

それが解って一安心。

お爺さんはさっき魔石に覚えた魔力を注ぎ込むんだって簡単そうに言ってたけど実は僕、発動する魔力の変化なんて今まで意識したこと一度も無かったもん。

実際にやってみて魔力の変化を感じ取るのがとっても難しかったらどうしようって少し不安だったんだよね。

でも、やってみたら魔法が使える人ならだれだって解るよって言うくらい魔力の変化を覚えるのは簡単だったんだ。

「火属性への魔力変換は理解したようじゃのう。では早速、この魔石に火の魔力を付与してみるが良い」

僕がホッとしているのを見てちゃんと魔力の変化を感じ取れたんだって思ったのか、お爺さんは米粒程度の小さな魔石を僕の前に差し出してきた。

でもその魔石とお爺さんを見比べて、ちょっとだけ困っちゃったんだよね。

だってさ、魔石がとっても高いんだってことを僕、知ってるもん。

確かお父さんがこんな小さな魔石でも銀貨40枚くらいで売れるって言ってたのを覚えてたから、本当にこのまま属性魔石にしちゃっていいのかなぁ？　って思ったんだ。

ところが僕がそのことを話すと、お爺さんは大笑い。

「おお、坊やはそんなことを考えておったのか。じゃが心配はいらんよ」

そう言いながら僕の頭を撫でて、その理由を教えてくれたんだ。

これくらいの大きさでは魔石内の魔力が少なすぎて使い道がないから、普通は溶かして魔道リキッドの材料にしちゃうんだって。

お爺さんはね、溶解液で溶かしちゃうのなら無属性でも属性魔石でも関係ないんだよって笑いながら教えてくれたんだ。

「属性魔石作成に失敗して灰になってしまったらどうしようもないが、坊やならその心配もなかろうて。安心してやってみるが良い」

その一言で僕はすっかり安心して、初めての属性魔石作成に挑むことにしたんだ。

僕ならもう失敗しないよって言ってくれたけど、一応中の魔力の動きが完全に解るまで目の前の魔石をよぉ～く観察。

それからこの魔石にとって一番適している許容魔力範囲を探りながら、ちょっとずつ火の魔力を注ぎ込んで行く。

そして。

「できた……」

さっきまで無色透明だった魔石は、火の魔力を注がれたことによって今は真っ赤に染まってキラキラと宝石のように輝いていた。

念のため鑑定解析で調べてみると、ちゃんと火の魔石と出てきたので僕はにんまり。

得意満面でお爺さんの方を見ると。

「ほっほっほっほ、初めてじゃというのに見事な火の魔石を作ってみせたのぉ」

そう言って、ほれ、言った通りちゃんとできたじゃろう?　なんてお顔をしながら笑ってたんだ。

その姿を見てたら、初めての属性魔石作成に成功した喜びがどんどんこみ上げてきて、

「やった！　やったぁ～！」

僕は両手を何度も振り上げながら、大喜びしたんだ。

「初めての成功じゃからのぉ、この火の魔石は坊やがお土産に持って帰るが良かろう」

「えっ、いいの?」

僕の興奮が収まるまで待ってから、お爺さんはそう言ってできあがったばかりの火の魔石をひょいっとつまみ上げたんだ。

そして金色の鎖が付いた大人の指先くらいの小さなガラス瓶を取り出すと、その中に入れて僕に差し出してきた。

ビンの中でほのかな光を放つ真っ赤な火の魔石は、なんか特別な宝石みたいでとっても綺麗なんだ。

だからくれるって言うのならすごく嬉しいんだけど、魔石って高いんだよね。

本当にいいのかなぁ？

そう思って聞いてみたら、お爺さんは笑いながらこう言ったんだよ。

「実をいうとな、貰《もら》ってもらわねばワシが困るのじゃよ」

ついさっきまでやっていた下級ポーション作りなんだけど、僕は初めて作るでしょ？

だからきっと、煮出した薬草のほとんどをダメにしちゃうだろうなぁって思ってたんだって。

お爺さんとしては錬金術に興味を持った子供に会えたことが嬉しかったから今回失敗した分の薬草代くらい出してもいいやって気持ちになってたらしいんだ。

なのに僕が最初の数回以外全部成功しちゃったもんだから、ちょっとびっくり。

作った薬草の煮汁のほとんどが下級ポーションになっちゃって、逆に制作費を払わなきゃいけないくらいいっぱいできちゃったんだってさ。

「じゃからのぉ、この魔石は坊やが作った下級ポーションの代金の代わりというわけじゃ」

「そうなの？　でもさぁ、かきゅうポーションのねだんって、ほとんどが薬草のねだんだって本に書いてあったよ？　小さいっていったってませき1このねだんの方が高いんじゃないの？」

確か下級ポーションは駆け出しの錬金術師でも作れるから、薬草の値段に手間賃を足したくらいの値段らしいんだ。

それに対してこの魔石は銀貨40枚、４０００セントもするんだから絶対魔石のほうが高いよねって僕は思ったから、お爺さんにそう聞いてみたんだよ。

だけど、それはちょっと違ったみたい。

「おお、本当に物知りじゃのぉ。確かに坊やが言うとおり下級ポーションの値段のほとんどを薬草代が占めると言うのは事実じゃ。じゃが坊やには肝心な情報が抜けておる。ただの薬草とは違い、即座に傷を治すポーションは下級と言えどもとても値段の高いものなんじゃ」

そう言うとお爺さんはさっき作ったポーションの入ったガラス瓶を僕の前に持ってきて、これだけで下級ポーション何本分くらいあるか解るかい？　って聞いてきたんだ。

目の前のビンに入ってる量は、僕が見た感じだと前世にあったペットボトル1本分、大体５００mlくらいかな？

一回にできるポーションは少なかったけど、かなりの回数をこなしたからそれなりの量はあるんだよね。

でも薬なんだからそれなりの量を飲まないと効かないと思うし、1本でこの半分くらい使っちゃいそうだよね。

だから2本くらいかなぁ？　って答えたんだけど、そんな僕の答えを聞いたお爺さんはとっても驚いたお顔をしてこう言ったんだよ。

「うむ、流石にそんな少ない数を言って来るとは思わなんだ」

そしてカウンターの裏から商品として売る時に使うポーション用のガラス瓶を取り出すと、その中に普通だって言う量の下級ポーションを入れて僕に見せてくれた。

それを見て今度は僕がすごくびっくりしたんだ。

だって、ガラス瓶の中にはほんのちょびっとしか入れなかったんだもん。

「そうじゃのぉ、駆け出しの錬金術師が作った品質の悪い下級ポーションなら少し多めに入れねばならんから、これだけあっても10本に少々足りぬと言ったところじゃろうか。しかし坊やの場合は魔力の量を見ることができるおかげで、熟練した錬金術師たちが作ったものと比べて遜色無いできじゃからのぉ。これで大体16本分といったところかな」

1本でそんなに少ししか入ってないの？

あっでもそう言えばドラゴン&マジック・オンラインでも、ポーションは一度に何本も飲んでたっけ。

もし缶ジュース1本くらいの量だったらそんなにいっぱい飲めないから、これくらいでもおかしくないのかも。

そう思った僕は1ビンにちょびっとしか入ってないことにも納得したんだ。

でも次のお爺さんのお話を聞いて、僕はちょびっとだった1ビンの量よりもっとびっくりすることになったんだ。

「そして、その下級ポーションでも1本で銀貨20枚、２０００セントで店に卸せるのじゃよ。いかに値段のほとんどが薬草だと言っても、それを16本も作ったのじゃから、製作にかかる手間賃が銀貨40枚でも安いとは思わんか？」

「かきゅうポーションって、そんなにするんだ……あっ待って！　じゃあ、ぼくが全部しっぱいしてたら、たいへんだったんじゃないか！」

「ほっほっほ、確かに薬草を買ってそれを材料にしておったらその通りじゃな。じゃが安心せい。使った薬草は全てワシが雇っておる者たちに命じて採取させたものじゃから、そこまではせんよ。錬金術ギルドに卸したとしても市価の３分の１程度じゃろうから、坊やが思っているほどは掛かっておらん」

さっきお爺さんは薬草代くらい出しても惜しくないって思ったって言ったけど、じゃあもしかして全部失敗してたら金貨３枚くらい損してもいいって思ってたってこと？

そう思ってびっくりしたけど、実際はその３分の１位だって言うから金貨１枚くらいで済んだってことかな？

それでもすごく高いのには変わらないけど。

「それにのぉ、そもそも坊やは錬金術師の手間賃を安く見積もりすぎておる。熟練者が材料は用意するから下級ポーションを銀貨40枚で16本分作ってくれと言われても誰もやらんよ。少なくとも金貨1枚は取るのが普通じゃ。まぁ、今回は煮出しをこちらで行ったから銀貨20枚くらいは値引きできるかもしれんがな」

なるほど、薬草の値段はそこまで物凄く高いって訳じゃないんだね。

それを聞いて、僕はちょっとだけ安心したんだ。

「本来なら坊やが働いた対価はその魔石だけでは足らんのじゃが、色々と指導もしたしのぉ。授業料だと思って負けておいてくれるとありがたい」

「うん、いいよ。それにぼく、まだ始めたばっかりだもん。ほんとならもっとしっぱいしてたはずだし、おじいさんはその分のお金を出してくれるつもりだったんでしょ？　ならこれをもらえただけで十分だよ」

そう言って僕は手の中にある赤い魔石の入ったビンを、見つめたんだ。

とその時、その赤い魔石を見て頭の中に、なにか引っかかるものを感じたんだよね。

それが何なんだろうって考えた僕は、次の瞬間あることに気が付いて後ろを振り返り、入り口近くにあるものを見渡したんだ。

「あっそっか、あのビンに入った宝石みたいなのって、みんなぞくせいませきなんだ！　それにあそこにあるお花やドライフラワーは薬草なんだね」

「ほっほっほ、そうじゃよ。ここは錬金術のギルドじゃから、売っているものがそれに関係したものばかりなのは当たり前じゃろう？」

何も知らなければ解らなかったここに売っている物たちだけど、改めて見渡すと確かに錬金術に関係しているものばっかりだ。

ん？　ちょっと待って。

ってことは入り口にあった花壇も薬草が植えてあるってことか。

お店に入った時はギルドに見えないって思ってたけど、ちゃんと錬金術ギルドだったんだね。

あっでも。

「おじいさん。ぞくせいませきとかが売ってるのはわかったけど、ポーションは？　それにまどうリキッドもお店にならんでないし。ぼく、ここに来てその二つがないから何でかなぁって思ったんだけど」

「ふむ、坊やは少し勘違いをしているようじゃが、ここにはポーションは売っておらん。売ってるのは薬局じゃよ。それに魔道リキッドも売っておるのは魔道具屋や雑貨屋じゃな。ここは錬金術に使うものを売っているだけで、錬金術で作るものまでは流石に手が回らないのじゃよ。したがって当然魔道具もここには売っておらん。ここで売られているのは、錬金術師が使うものやその材料がほとんどじゃな」

そっか、ここはギルドなんだから買いに来るのはみんな錬金術師だよね？　なら自分で作れるものを買っていくはずないか。

あれ？　それじゃあ入り口のあれは？

「えぇ～、でも入り口にアクセサリーみたいなものがならんでるよ！　あれってまどうぐだよね？」

「ふむ、あれは正確には錬金術ギルドの売り物ではなくてのぉ。ギルドマスターが個人的に机を用意して、自分で作ったアミュレットを売っておるだけなんじゃ」

えっ、あれってお爺さんが作ったものを趣味で売ってるだけなの？

そう僕は一瞬考えたんだけど、それにしてはちょっと言い方がおかしかった気がする。

だって、普通は自分で自分のことをギルドマスターなんて言わないもん。

「ねぇ、おじいさんがギルドマスターじゃないの？　ぼく、ずっとそう思ってたんだけど」

「ほっほっほ、それはまた光栄な話じゃのぉ。じゃが考えてもみよ。冒険者ギルドや商業ギルドのギルドマスターが店番しているなんて話を聞いたことはないじゃろう？　ワシは錬金術が好きなただの年寄りじゃよ。ふむ、そう言えばまだ名乗ってはいなかったのぉ。ワシの名はフラ……おほん。そうじゃなぁ、ロルフとでも呼んでくれると嬉しいのぉ」

「ロルフさん？　うん、わかったよ。え～っと、じゃあ、ぼくもごあいさつしないとダメだよね。ぼくのなまえはルディーン・カールフェルト、8さいです。これからよろしくおねがいします、ロルフさん」

「こちらこそよろしく、ルディーン君」

ロルフさんは僕によろしくってごあいさつした後、ふと何かに気が付いたかのようなお顔をして、それからなぜか申し訳なさそうなお顔になった。

だから急にどうしたんだろうって思ったんだけど。

「そう言えば坊や、いやルディーン君はここが錬金術ギルドだと解って訪れたと言っておったのぉ。もしかしてポーションか魔道リキッドを買うために来たのではないかな？　だとすると、申し訳ないのぉ」

どうやら僕がなぜポーションや魔道リキッドが売ってないのか聞いたから、それが目的でここに来たんじゃないかって思ったみたいなんだ。

でも、僕がここに来た理由はそんなんじゃないから問題なし。

ちゃんと大丈夫だよって、教えてあげることにしたんだ。

「だいじょうぶだよ！　ぼくがここへ来たのは、ようかいえきってのが欲しかったからなんだ。まどうリキッドを作るのにいるんだよね？」

「おお、よく知っておるのぉ。そうじゃ、魔道リキッドは魔石に魔力を流し込んで溶かしたものに溶解液を加えて、それを水で薄めることによってできるんじゃ。あっ、溶かす時の魔力の流し込み方は知っておるか？」

「ふつうにじゃダメなの？」

僕はてっきり魔石に魔力を流し込めばそれで溶けるもんだと思っていたんだけど、違うのかなぁ？

「普通に魔力を魔石に流し込んでも活性化するだけじゃ。先ほど渡した火の魔石があるじゃろ、それに魔力を流してごらん」

ロルフさんにそう言われたから、僕は手元にあったビンの中の火の魔石に魔力を注ぎ込んでみた。そしたら火の魔石が急に光りだして、それと同時に周りの空気を温めだしたんだ。

「ほれ、普通に魔石に魔力を流し込んだとしても活性化してしまうだけで溶けることはない。そもそも魔力を流し込んだら溶けるというのであれば、魔道具を作っても動かすことができぬではないか。魔道リキッドを使わない時などは直接魔力を流し込むのじゃから」

「あっそうか、そういえばそうだね」

そういえば村でも草刈機を使う時、僕は魔力を魔石に流し込んで使ってたっけ。

魔力を流すだけで魔石が溶けるのなら、魔道具は使うたびに壊れちゃうよね。

「うむ、じゃから溶かす時は特殊な魔力の流し方をするのじゃ。これは普通、ある程度下級ポーションを作成に慣れてから挑戦するものなんじゃが、ルディーン君は魔力の扱いになれておるようじゃから教えても問題は無かろう」

そう言うと、ロルフさんはカウンターの下から米粒程度の魔石と大きめの木のコップ、そして小さなビンを取り出した。

「そろそろギルドの明かりにリキッドを補充せねばならんと思っておったところじゃから丁度いい。ルディーン君、やり方を教えるから魔石を溶かしてみなさい」

そして魔石をコップの中に入れて僕に差し出したんだ。

ロルフさんの説明によると、魔石を溶かす時は中心辺りに魔力が集中するようなイメージで魔力を注ぎ込めばいいらしい。

そうすると魔石の中心部だけが活性化して、そのエネルギーによって魔力の結合が弱くなって溶け始めるんだって。

というわけで、そこまでやってみることにする。

魔石全体ではなくその中心に魔力が集まるようにイメージして、僕は魔石に魔力を込めて行った。

すると全体が赤く光ったさっきの火の魔石と違って、目の前の透明な無属性の魔石は中心部だけがだんだんと光を放ち始めたんだ。

「あっ光った！」

「うむ、ちゃんと中心部だけが光っておるのぉ。注ぎ込んだ魔力によって魔石の中だけが活性化した証拠じゃ。これにこの溶解液を加えると」

そう言ってロルフさんは横においてあった小さなビンを手に取り、その中の液体をほんの少しだけコップの中に入れた。

するとその液体がかかった魔石は、シュウって音を鳴らして溶けちゃったんだ。

「このように表面の膜状になっていた部分が溶けて、中に封じ込められておった粘性のある魔力に戻っておった魔石がでてくる。そしてそれが溶解液と混ざることによって元の魔石に戻らなくなるから、後はこの水を入れて」

そう言いながら近くにあった水差しを手に取って、中のお水をコップいっぱいになるまで入れちゃったもんだから僕はびっくり。

だってさぁ多分あのコップ、350～400mlくらい入ると思うんだ。

そのコップの中にはちっちゃな魔石と、ほんのちょびっとだけの溶解液しか入ってなかったでしょ。

だから僕、きっとその半分くらいまでお水を入れるんだろうって思ってたんだよ。

それがなんとコップいっぱいになるまで入れたもんだから、本当びっくりしたんだ。

「このようによくかき混ぜれば魔道リキッドの完成じゃ」

そしてそんな僕に気づくことなく、ロルフさんはペン立てにさしてあったマドラーでそれをくるくるかき回して、完成した魔道リキッドを差し出しながら笑ったんだ。

できたての魔道リキッドは無色透明で、匂いを嗅いでも普通の水と見分けがつかない状態だから、このまま机の上にでも置いておいたら誰かが間違って飲んじゃいそう。

あれ？　でも売ってる魔道リキッドって色が付いてなかったっけ？

そう思ってロルフさんに聞いてみたら、それはわざわざ色をつけているんだって答えが返って来たんだ。

「見ての通り本来の魔道リキッドは無色透明、無味無臭じゃからのぉ。そのまま売ると水と間違える者が出てくるやもしれん。じゃが値段は天と地ほど違うのじゃから、うっかり間違えてしまわぬよう売る場合はわざわざ色をつけておるのじゃよ。じゃが、今回は明かりの魔道具にすぐに入れてしまうつもりじゃから色など付けないと言うわけじゃ」

そう言いながらロルフさんは立ち上がると、壁にぶら下げられているビンのようなもののところまで行って、たった今作った魔道リキッドをその中に流し込んだ。

ランプのような魔道具じゃなくあのビンに全部入れたってことは、あれがこの錬金術ギルドの明かりの魔道具全部に繋《つな》がってるのかな？

魔道リキッドが切れそうな時にいちいち全部の魔道具を回ってそれぞれに入れてたら大変だもん。

これはとっても便利だなぁって思う。

将来魔法の明かりを家につける時は僕もそうしようって、これを見て思ったんだ。

「さて、ルディーン君には魔道リキッド作りを手伝ってもらったことだし、この溶解液をその報酬として差し上げるとするかのぉ」

「ええ！　いいの？　ぼく、まりょくをながしただけだよ？」

「ほっほっほっほ。錬金術師の手間賃は安くないと先ほども言ったじゃろう。それに溶解液自体もそれ程高いものではないから、そう心配するでない。その小瓶1本で銀貨10枚程度じゃ」

銀貨10枚ってことは1000セントだから前世のお金で1万円ってことだよね？

これだけでそんなにするなら十分高いよ！

そう思ってもらえないって言いかけたんだけど、ロルフさんの言葉はそれだけじゃなかったんだ。

「それに実のところ、ルディーン君に作ってもらった下級ポーションの値段が先ほど渡した火の属性魔石より高くてのぉ、それにこれをつけて丁度いいくらいなんじゃよ。じゃから遠慮なく持っていくが良い」

「そうなの？　う～ん、じゃあもらってくね」

ほんとの所はよく解んないけど、ここまで言ってくれてるのにぜったいに受け取らない！　お金払う！　って駄々をこねるのはダメだと思うんだ。

だから僕はロルフさんからの贈り物を喜んで受け取ることにしたんだ。

閑話

お爺さんの正体

カランカラン。

軽い感じのベルが鳴ったのでドアの方に目を向けると、そこには少し困惑した表情の女性が立っておった。

「おお、お帰りギルドマスター」

「あっ、ええ、ただいま戻りました。って伯爵、またこの様なところで店番の真似事をしてらっしゃるのですか？」

「おいおい、ワシはもう伯爵ではないと何度言えば解るのじゃ？　家督なんぞ疾《と》うの昔に譲ったと言っておるじゃろう。それどころか息子も隠居して、今は孫が現在の伯爵じゃというのに」

我が家系は趣味に生きる者が多く、歴代の当主はその趣味に没頭する為に跡継ぎが育つとさっさと爵位を渡してしまうんじゃ。

ワシも34で家督を譲られてから20年ほど伯爵をやっておった。

しかし息子が成人すると同時に仕事を教え始めて、もう十分に家督が継げると判断すると仕事の全てを押し付けて隠居、錬金術師として生きておる。

そう言えば息子は魔道具ばかり作っておったのう。

まぁワシも息子も民の税には手は付けず、自分たちの研究によって得た金で道楽をしておるのじゃから誰に非難されるわけでもない。

唯一自分の子に家督を譲る時だけは、恨みがましい目を向けられるがのう。

因みに現当主は美術と美食に傾倒しておると言うから少し心配しておった。

じゃが、帝都や地方都市に仕事で赴いた時にそれぞれの土地にある名店を誘致。

このイーノックカウに出店させて観光で訪れる者を増やしておると聞くから、あれはあれで問題はないのかもしれんな。

「時に本来の店番であるペソラさんはどこへ？」

ワシが孫のことを考えておると、ギルマスからこんな質問が。

まぁ、ワシが代わりにここに座っておるのじゃからその疑問を持つのは当たり前か。

「ペソラ嬢か？　彼女ならエーヴァウトの所まで書簡を届けに行かせた」

「また領主様のところへですか？　どうせほとんど何も書いてないものをお渡しになられたのでしょう。はぁ、伯爵がここにいつも座られているので、ギルドに加盟している者が皆困っていると言うのに」

「だから伯爵ではないと言っておろうに。それに何を困ることがある？　ワシがここにいても別に問題は無かろうに」

ワシはいつも静かに本を読んでいるだけじゃと言うのに、何が問題だと言うのじゃ？

そう思って聞き返したのじゃが、ギルマスはどうやらワシとは違った意見を持っているようじゃな。

小さく頭を振りながら右手を額に当て、ため息をついておる。

「殆どのギルド加盟者は平民なのです。いえ、貴族でもこの街に住んで居る者ならば伯爵を前にしたら普通に接することなどできないのはお解りでしょう」

「そうかのぉ。なるべく接しやすいよう、庶民派元伯爵を自称しておるのじゃが」

「爵位に庶民派も貴族派もありません」

そう怒らんでも良いのに。

第一、ギルマスだって子爵家の者なのにワシを怒鳴りつけておるではないか。

皆、このようにワシに接してくれれば何の問題も無いと思うのじゃがのぉ。

そう、今日ギルドに来たルディーン君のように。

「おお、そうじゃ。今日、面白い坊やが来店してのぉ」

「子供がですか？　ならばどこかの貴族家の子でしょうから、伯爵が店番をしているのを見て驚かれたのではないですか？」

「いや、平民の子じゃった」

ワシの言葉に大層驚くギルマス。

それはそうじゃろうて。

錬金術と言うのは何かと金のかかる技術じゃから、平民がほいほいと身に付けられるものではないからのぉ。

「平民ですか。それではどこかの大商会の御子息でしょうか？　しかしそれならば伯爵のお顔を知っていてもおかしくはないと思うのですが」

「いや、そうではない。グランリルから来たと言っておった」

「グランリル？　と言うと、あのグランリルですか？　あそこに生まれた子が錬金術を……信じられません」

帝都の兵士たちでさえ太刀打ちできないほどの剣と弓の使い手がそろっていると言われるグランリルの村。

そこに生まれた子が魔法や錬金術に興味を持ったというのだから、ギルマスが驚くのも無理はなかろうて。

「ルディーン・カールフェルトと言う名の子なんじゃが、彼はすでに魔法も使えるし魔力の操作も一流と呼べるほどじゃった。それなのに、なんとまだ8つだと言うのじゃから恐れ入る。それにワシが教えたら何度かの挑戦で下級ポーションを完璧な状態で作り出せるようになり、その上火の属性魔石作成も簡単に成功させたのじゃ。信じられるか？」

「本当なのですか？　いえ、伯爵がそう仰《おっしゃ》るのでしたら事実なのでしょう。しかしそれが本当だとすると」

「うむ、地方ではまず手に入らない高位の属性、氷や雷などの魔石を10年もすれば作れるようになるかもしれんのう。夢が膨らむわい」

ただでさえ錬金術の使える高位の魔法使いは少ないというのに、皆出世して中央に行ってしまうから地方都市にはほとんどおらん。

そしてこのイーノックカウ周辺には一人もおらんと言うのが現状。

氷や雷の属性魔石は手に入れようと思っても中央まで足を運ぶか、商人に高い金を払って運んでもらわねば手に入れられないと言うのが実情じゃ。

しかしルディーン君がこのまま成長し、魔法の腕をあげてくれれば彼がその供給源になってくれるかもしれぬのだ。

ワシがこれだけ興奮するのも仕方がないことじゃろう？

「しかし、そうなると伯爵が対応したのが問題になりませんか？　それほどの子ならば、才能を知った伯爵に取り込まれるかもしれないと親が考えてもおかしくはないですし。気付かれれば以後、イーノックカウに近づけさせないようにするかもしれません。その子はともかく、親は流石に伯爵のことを知っているでしょうから」

「ああワシもそう思って家名は名乗っておらん。それにファーストネームも知られている可能性があるからとミドルネームであるロルフと名乗っておいた。これならば親御さんが聞いたとしてもワシとは気付かぬじゃろうて」

そう言ってワシは、ほっほっほと笑ったのじゃった。

ランヴァルト・ラル・ロルフ・フランセン元伯爵。

彼は爵位こそ孫であるエーヴァウト・ラウ・ステフ・フランセンに譲り渡しているものの、錬金術の腕と新たな発見の数々により中央に対しても未《いま》だ大きな力を持つ、このアトルナジア帝国でも有名な大貴族だった。

3 世の中には触れてはいけないものがあるらしい

まだ1箇所しか見てないけど、思ったより錬金術ギルドに長い時間居たから流石にもうお父さんの買い物は終わってるだろうって思って僕は酒屋さんに向かった。

ところがびっくりすることに、そこではまだお父さんが絶賛試飲中だったんだ。

「お父さん、いつまで飲んでるの？　もういっぱい時間がたってるよ」

「ん、そうか？　だがまだ試飲してないものもあるからなぁ。買って帰る以上全種類確認して、村で待ってる奴らが納得するものを買っていかないといけないんだよ」

う～ん、そんな物なのかなぁ？

僕からするとどれも同じ様に思えるんだけど。

それにこれから馬車で村まで帰るのに、お酒をそんなに飲んで大丈夫なのかなぁ？

まぁ僕の賢者レベルが3になってキュア・ポイズンを使えるようになったから、最悪その魔法でお酒を抜いてしまえばいいと思う。

それにしても飲み過ぎはやっぱりよくないと思うんだよね。

「お父さん、ほんとに大丈夫？　そんなにのんでても村までちゃんと馬車をうごかせる？」

「大丈夫だ、心配するな。これくらいの酒なんてどうということはない」

僕が心配して聞いても本人は大丈夫と繰り返すばかり。

でも酔っ払ってるお父さんの言葉だから、本当に安心してもいいのか解らないんだよね。

だって酔っ払った人っていきなり寝ちゃうイメージがあるし、馬車で移動中に寝ちゃったら危ないもん。

そう思って不安そうな顔をしていたら、近くに居た酒屋さんの店員のお兄さんが僕を安心させようと笑いながら声を掛けてくれたんだ。

「心配しなくても大丈夫、カールフェルトさんがうちに来て全種類を試飲して行くのはいつものことですから。というよりグランリルの人たちはたいていがそうですけど、今まで帰りに事故を起こしたという話は聞いたことがないですから、心配する必要はないと思いますよ」

なんと！　お父さんだけじゃなく、グランリルの人たちはみんなこのイーノックカウに来るところの酒屋さんでいっぱい試飲してくんだって。

でも、今まで事故が起こらなかったからといっても今回もそうとは限らないんじゃないかなぁ？

「そうなの？　でもお父さん、こんなによっぱらっちゃってるよ？」

「ええ、大丈夫だと思います。レベル、だったかな？　グランリルの人たちはそれがみんな高いから毒への耐性もかなり上がっているらしくて、そのおかげでアルコールも毒の一種だから酒に酔っても抜けるのが早いんだって村から来た人が言ってましたから」

ああなるほど、言われてみれば確かにその通りだ。

レベルが上がれば毒への耐性は高くなるし、自然治癒能力も高くなる。

アルコールも毒の一種だと考えれば確かにお酒に酔いにくく、さめやすいってことになるのか。

そう思って改めてお父さんを見てみると、足元もしっかりしてるし口もちゃんと回ってる。

なるほど、確かに大丈夫そうだね。

「安心しましたか？　ではこれでも飲んでもう少し待っていてください。流石にこの店にある酒もあと数種類を残すだけですから」

僕がホッと一安心していると、その様子を見ていた酒屋の店員のお兄さんがヤシの実のような大きな木の実の上をくりぬいたものを僕に差し出してきたんだ。

「これなに？」

「これはセリアナと言う木に生《な》っている実で、こうして先端に穴を開けて中に入っている果汁を飲むんだ。ほら、ここに切れ目が入れてあるだろ。ここに口をつけて飲むといいよ」

飲んだことはないけど、前世にあったって言うヤシの実ジュースみたいなものか。

そう思ってためしに軽く振ってみたら、中からチャポンっとなにやら液体のようなものが入っている音がした。

それに匂いを嗅いでみると中からとってもいい匂いがするし、うん！　これはぜったい甘い奴だ。

「ありがとう！」

僕はお兄さんの言うとおり切れ目の所に口をつけて、セリアナの実を持ち上げながら中のジュースを一口。

僕はてっきりさらさらな果物のジュースみたいなものが出てくると思って飲んだんだけど、中に入ってたのはココナツミルクのようなものでちょっと濃厚な味がしたんだ。

「どう、気に入ってもらえたかい？」

「うん、とってもおいしいよ！」

思っていた味ではなかったけど甘くてトロっとしたセリアナのジュースはとってもおいしかったから、僕は笑顔で店員のお兄さんにそう答えたんだ。

「それは良かった。もし気に入ってくれたのならお土産にお父さんに買ってもらうといいよ。穴さえ開けなければ30日くらいはもつから」

「うん、そうするよ」

そう言うと店員のお兄さんは僕から離れて行ったから、店内を見回してセリアナの実の値段を探してみたんだ。

そしたら5セント、鉄貨5枚って書かれてた。

うん、こんなに美味しいんだから買って帰ったらお兄ちゃんやお姉ちゃんも喜ぶだろうし、値段もそんなに高くないからお父さんもきっと買ってくれるよね。

そう思った僕は離れた所で嬉しそうに試飲を繰り返すお父さんを、残りのジュースをちょっとずつ飲みながら待つことにしたんだ。

一気に飲んじゃわなくてほんとに良かった。

だってお父さんの試飲が終わったのは、なんとそれから30分以上たってからだったんだもん。

あとちょっとだと言ってたのに、すごく時間が掛かったんだなぁって思って店員のお兄さんに聞いてみたんだよ。

そしたらお父さん、買っていく10種類のお酒の内、最後の1種類に迷って2種類のお酒を何度も飲み比べてたんだって。

まったく、そんなに決められないなんて、大人なのにダメだなぁ。

まぁ取りあえず買うものは決まったみたいだから、その10種類のお酒を大樽に詰めてもらうことに。

その間に僕はお父さんに、セリアナの実も買って欲しいって頼んだんだ。

そしたら気軽に、いいよって返事がきたんだけど。

「それじゃあセリアナの実も1樽追加で」

なんとその一言で80個以上のセリアナの実を買って帰ることになっちゃったんだ。

僕は家族の人数分だけ買っていけばいいと思ってたんだよ。

でもこのセリアナのジュースはお母さんたちも大好きらしくて、これだけ買って行っても多分10日もあればみんな飲んじゃうんだって。

「これは栄養価が高すぎて飲みすぎるとすぐに太るから買って来なくてもいいってシーラはいつも言っているけど、本当は飲みたがっているのを知っているからな。今回はルディーンからのおねだりと言う大義名分があるから買って行っても大丈夫だろう」

「そうなんだ。大好きなのに買わないなんてへんなの。それに太ったたっていいってぼく、思うんだけどなぁ」

どうせ狩りに行けばいっぱい動くんだし、ジュース飲んで太るくらいいいと思うんだけど。この話を聞いてもお母さんが何でそんなこと気にするのか、全然解んなかったんだ。

それが僕の顔に出てたのかなぁ？

お父さんはこんな注意をしてきたんだよ。

「ルディーン、シーラには太ったたって大丈夫だよなんて言っちゃダメだぞ」

「なんで？　ぼく、かえったら言ってあげようって思ってたのに」

「やっぱりか。あいつ、子供を六人も生んだからか、いくら動いても体型が戻らないっていつも気にしてるからな。そんなことをルディーンに言われたら途端に不機嫌になって俺が何か言ったんだろうって怒って来るのが目に見えてる。だからな、絶対に言うんじゃないぞ」

う～ん、お母さん、別に太ってないと思うんだけど。

でもお父さんのお顔を見てると、太ってもいいのになんて言ったらなんかすごく恐ろしいことが起きそうな気がする。

だからね、僕は怖くなって言うのをやめることにしたんだ。

「うん、わかったよ。ぼく、かえっても言わない」

「ああ、その方がいい。言ったところで誰も幸せにはならないからな」

幸せにって……お母さんにとって太るってそんなに大変なことなんだね。

こうしている間に店員さんたちの手によってお酒の手配が終わり、冒険者カードでの支払いも完了。

「それじゃあ後で馬車を回すから、積み込みはその時に」

「はい、お待ちしております」

引き換え用の木札を貰って僕たちは酒屋さんを後にしたんだ。

その後は食料品を売っている商会を何軒か回ったんだけど、そっちでは試食とかはしないから特に時間が掛かることもなくあっと言う間に終了。

続いて僕たちは衣料品やお薬、雑貨などを買うために違う区画へと歩き出したんだ。

「ねぇお父さん、こっちってぼうけんしゃギルドの方だよね？」

「ああ、個人向けの商店はあっちの方にあるからな。それらを回ったら、最後に冒険者ギルドにも顔を出すつもりだ」

「うん！　かえるよって、みんなにあいさつしないといけないもんね」

ギルドの登録とか色々とお世話になったんだから、何にも言わずに帰っちゃうより最後にお別れのご挨拶をきちんとした方がいいもんね。

北門近くの商店街で服とかお薬とかを買った後、僕たちは予定通り冒険者ギルドに向かったんだ。

そしたらなんかギルドの方が騒がしいんだよね。

それに、入り口前にも馬車が何台か停まってるし。

「あれ、どうしたんだろう？」

「確かにおかしいな。普段なら正面入り口に馬車を乗りつけるなんてことはしないはずなんだが」

僕と一緒で、お父さんも冒険者ギルドの様子がおかしいって思ったみたい。

そう言えば買い物したり物を売りに来たりする馬車なら普通は裏に回るはずだから、あんなにいっぱいの馬車が入り口前に停まってるなんておかしいよね。

それに周りの人たちも、なんか慌ててるみたいだし。

「ルディーン、とにかく行ってみるぞ。何か手伝えることがあるかもしれないからな」

「うん！」

こうして僕たちは冒険者ギルドの入り口へと急いだんだよ。

でもね、その先であんなことが起こってるなんて、この時の僕はまったく想像もしてなかったんだ。

「なんだこりゃ！」

僕とお父さんが冒険者ギルドについて扉を開けると、その中はとんでもないことになっていたんだ。

いつもならほとんど人がいないはずのこの時間。

なのにギルドの中は床に寝かされてうめき声を上げている人や、苦しみながら村の司祭さまによく似た恰好をした女の人に励まされている人。

それにギルド職員の人たちに手当てをしてもらっている人など、物凄くいっぱいおケガをした人たちで溢《あふ》れかえっていたんだ。

それを見た僕は一瞬どうしようかって戸惑ったんだけど、すぐにそんな場合じゃないって気が付いた。

だから慌てて周りの人たちのステータスを確認したんだけど、そしたら大変なことが解ったんだ。なんとここに寝かされている人の多くが毒に侵されていて、その上その内の何人かは早く毒を消さないとすぐに死んじゃいそうなくらい弱ってたんだもん。

「たいへんだ！」

それが解ったからには、ぼーっとしてる訳にはいかない。

とにかく僕は周りを見渡して今どの人が一番危ないかを確認。

すぐに、その人のところへと駆け寄ったんだ。

「なんだ!?　子供？　坊や、こんな所に来ちゃダメだ」

その人の近くにはギルド職員の制服を着たお兄さんがいて僕に気が付くとそう声を掛けてきた。

だけど、そんなのに構ってる場合じゃないよね。

すぐに治さないと大変なことになっちゃうから、そんなお兄さんを無視して僕は手をかざせるところまで近づくとすぐに体に魔力を循環させる。

「はっ！　何をやってるんですか、カールフェルトさん！　早くルディーン君を外に連れ出して！

子供にこんな光景を見せてはダ……」

ルルモアさんの声も聞こえた気がするけど、魔法の準備ができた僕は構わず力のある言葉を放つ。

「キュア・ポイズン」

すると僕の手の平から倒れている人に向けて白い光が注がれ、やがてそれはその人の全身へと広がっていったんだ。

そしてその光が収まった所でもう一度ステータスチェック。

すると毒はちゃんと消えていて、ＨＰの減少も止まってた。

でもまだ死にそうな状況のままだったので、念のためにキュアもかけといたんだよ。

この世界ではキュアって傷を治す魔法だけど、ドラゴン＆マジック・オンラインではＨＰを回復する魔法だったもん。

だから毒で減ったＨＰが戻るかもって考えたんだよね。

そしたらちゃんとＨＰが回復してくれて一安心。

ゲームの時みたいにＨＰが戻ったからって元気になるわけじゃないみたいだけど、とりあえずはこれでこの人は大丈夫。

そう思ったから、僕はすぐに次の人を治さなきゃってまた移動を開始したんだ。

「キュア・ポイズン、キュア」

倒れてる人、いっぱいいるでしょ。

そんな人たちを間違ってけっちゃったら大変だからって僕は気を付けながら、でも大急ぎで移動。

死にそうな人を探してはそこに走っていって、魔法をかけて回ったんだよ。

でもさ、魔法を使えばＭＰが減ってくよね。

「あっ、魔力が循環しなくなっちゃった」

だから何人かを治したところでＭＰが切れちゃったんだ。

でもね、こんな時どうしたらいいのか、僕知ってるんだよ。

ってことで、魔法で治すのはちょっと中断。

僕はおケガをしてる人がいない壁のそばまで走っていくと、そこにしゃがんで目をつむったんだ。

こうするとね、ちょっとずつだけどＭＰが回復してくんだよね。

ホントだったらベッドで寝た方が早く回復するんだけど、今はまだ治さなきゃダメな人がいっぱいいるもん。

「ちょっと回復したら、またみんなを治してあげよ」

そう思いながら、その場でじっとしてたんだよ。

そしたらさ、いきなり声を掛けられたんだ。

「ルディーン君、大丈夫？　魔法の使いすぎで気分が悪くなったの？」

「その声はルルモアさん？」

声を掛けてきたのはルルモアさん。

だから僕、目を開けてお返事しようかなって思ったんだよ。

でもさ、そしたらＭＰの回復がとまっちゃうでしょ。

だからそのままお返事したんだけど、そのせいでなんか心配させちゃったみたい。

なんとなくおろおろしてるのが解ったから、何をしてるのか教えてあげることにしたんだ。

「だいじょうぶだよ！　ＭＰが切れたからかいふくしてるだけだもん」

「へっ、えむぴぃ？」

「うん、ＭＰ。キュア・ポイズンとキュアを使いすぎて無くなっちゃったから、こうやってかいふくしてるんだよ」

せっかく教えてあげたのに、ルルモアさんはよく解んなかったみたい。

一緒に来たのかな？　女の人とＭＰのお話を始めちゃったんだ。

だから僕はＭＰを回復してたんだよ。

そしたらさ、今度はその女の人が聞いてきたんだ。

「ルディーン君、だったかな？　それってどうやればいいの？　今君がやっているみたいに、しゃがんでじっとしてればいい？」

「ううん。あとね、目もつむらないといけないんだよ」

このお姉さん、僕とおんなじでみんなを治しに来た人みたい。

だから僕のお話を聞いて早速やってみたんだけど、そしたらほんとに回復したってびっくりしてるんだもん。

僕、嘘なんか言ってないのに。

それからもルルモアさんたちとお話してたら、その間にＭＰ回復をしちゃった。

ってことで冒険者さんたちの毒消しを再開。

今までは毒でＨＰがかなり減っている人ばっかりだったけど、５人ほど治したところで大丈夫そうな人が多くなったからキュアをかけるのをやめにした。

だってキュア・ポイズンはＭＰを８ポイントも使うし、それにキュアの４ポイントを足すとあっと言う間にＭＰが無くなっちゃうんだもん。

レベルが３になって僕の最大ＭＰは１６０まで増えたけど、これでも両方だと13人しか魔法をかけられないからね。

キュアをやめればそれだけ多くの人にキュア・ポイズンをかけられるようになるから、そうすることにしたんだ。

それにやっぱり駄目そうな人がいても、僕が教えた方法でＭＰを回復した見習い神官のお姉さんがいるもん。

「この人の生命力がかなり下がってるから、キュアをかけてあげてください」

ルルモアさんからそう言われて治してくれてるから、僕は安心して毒消しをして回ることができたんだ。

それからもう一回ＭＰの回復をして、５人くらい治したころかな？

「毒消しポーションが届きました！」

ギルド職員の制服を着たお兄さんがそう言いながら木の箱を持って冒険者ギルドに入ってきたん

だ。

この薬での治療が始まったおかげで、毒に関しては思ったよりも早く残った人たちを治せるようになったでしょ。

だから僕も見習い神官のお姉さんといっしょに、ＨＰが減っている人を見つけてはキュアをかけて回ることに。

そうしているうちに中央の大神殿からも数人の神官様が来てくれて、やっと全員の治療が終わったんだ。

4 大惨事は前触れなくやってくる

時は少しだけ遡る。

今日もイーノックカウ近くの森には動物や魔物を狩る目的や、薬草採取のために多くの冒険者が訪れていた。

そんな冒険者の中の1グループ、動物を狩るために探索を行っていたFランクの4人パーティーがある獲物を見つけたことがこの事件の始まりだった。

そのパーティーが見つけた獲物はブルーフロッグという中型犬くらいの大きさの蛙だ。

この蛙は魔石を有していないために魔物と認定はされていないものの、魔力溜まりの影響による変化で巨大化している。

またこの森に生息する動物の中でもその肉が強さの割には比較的高値で取引されていることから、狩り目的の冒険者たちにとっては恰好の獲物となっていた。

ただ、その日見つけたブルーフロッグには一つ問題があった。

それは見つけたのが単体ではなく小さな群れであったということ。

ブルーフロッグ自体はとても弱く、Fランク冒険者でも2人で1匹くらいならば簡単に倒すことができる。

しかしその時、目の前に現れたのは20匹を超える群れであり、そのまま戦闘になればたった４人しか居ない彼らではとても敵《かな》う相手ではなかったのだ。

ここでおとなしく引き下がっていたのなら、この後の悲劇は起こらなかったであろう。

しかしその群れを見つけた時間と場所が、彼らの判断を狂わせることとなってしまった。

ブルーフロッグの群れを見つけた場所は森の中でもそれほど深い場所ではなく、また入り口から繋がる道にも近かった。

その上時間はまだ朝の内。

この時間なら当然複数のパーティーが森の中へと入ってきているはずだ。

４人は追いつかれない程度の遠くから矢を射って、ブルーフロッグの群れをつれて道まで逃げればそこにいる冒険者たちと協力して倒すことができると考えてしまったのだ。

実の所、この判断はそれほど間違った話ではない。

と言うのも、この行為自体は今森に入ってきているであろう冒険者たちにとっても悪い話では無いのだから。

なにせ本来なら森に分け入って探さなければ見つけることのできない獲物が、それも楽に倒せて高く売れる獲物が向こうから来てくれるのだ。

巻き込まれた冒険者たちも、当然嬉々《きき》としてブルーフロッグたちを狩ったことだろう。

ただ、それがブルーフロッグだけだった場合の話なのだが。

ブルーフロッグには、よく似た変異種が存在する。

それはポイズンフロッグと言う魔物で、体の色が青紫色の為に遠目にはブルーフロッグと見分けが付かない魔物だった。

外見上の特徴としては角が肥大し、体もブルーフロッグよりも一回り大きい。

そして何より違うのは、その名前の通り毒を持つ魔物であるということだった。

そう、このポイズンフロッグは魔物である。

ブルーフロッグの変異体とは言え、その強さは大きく異なる。

普通に戦った場合1匹でもFクラス冒険者なら6人、Eクラス冒険者なら3人は居ないと対抗できないほどの強さになっている。

おまけにこのポイズンフロッグは先ほども触れた通り毒を持っていて、何よりこれがこの魔物をより厄介な存在へと変えていた。

この魔物は攻撃を仕掛けなければ襲ってくることはないのだが、いざ戦いになると口から麻痺毒を噴射して相手の自由を奪い、致死性の毒を持つ舌や角で攻撃してくる。

それだけに狩りの対象とするにはリスクが大きすぎる。

それらの攻撃に対応できる装備をしていないパーティーでは、たとえ適正人数がそろっていたとしても普段は素通りすることが多い厄介な魔物なのだ。

そして運が悪いことに、このブルーフロッグの群れにはポイズンフロッグが交ざっていたのである。

それも5匹。

Fランクパーティーの4人はその事実を知らずに弓を射って、ブルーフロッグの群れを率いて森の入り口より延びる道まで逃げてしまった。

結果そこに居るほかのパーティーをも巻き込んで大混乱に。

やがて形勢不利と見た冒険者たちが森の外へと逃げ出したために、ポイズンフロッグは商業ギルドの天幕まで到達して大惨事になってしまうのだった。

その後、幸い幾つかのDクラスパーティーがまだ入り口付近にいてくれたおかげで、なんとかポイズンフロッグとブルーフロッグの群れを撃退はできた。

しかし、そのころには非戦闘員である商業ギルドの職員や森の入り口で店を開いている者たちにも毒に侵された者や骨折以上の大怪我を負った者が多く出てしまっていた。

一応商業ギルドにも常備してある毒消しポーションや出向してきている見習い神官もいるにはいるのだが、今回は被害が多すぎる。

毒消しポーションは非戦闘員たちの分だけで底をつき、出向してきている神官も見習いだけに毒消しの魔法をまだ使えない。

おまけにそれほど多くのMPを持たないために、あまり多くの怪我人を治療することができなかった。

結果大きな怪我をしたり毒に侵された冒険者が居たとしてもそちらにまで治療の手が回らず、しかしそのまま放置してはいずれ多くの死者が出る。

ということで急遽《きゅうきょ》、商業ギルドや商店の馬車で毒を受けたり自力で動くことができない冒険者をイーノックカウまで運ぶこととなった。


この状況に頭を抱えたのが冒険者ギルドの職員たちである。

馬を飛ばして馬車より先に到着した伝令によって、この話を伝えられはした。

しかし普通なら商業ギルドで治療されることから、毒に侵されたまま冒険者ギルドまでたどり着く者などほとんどいない。

そのため毒消しポーションなどわずかな数しか置いてはいなかったし、ここに出向してきている神官も商業ギルド同様見習いである。

言ってしまえば森のすぐ外にある商業ギルドの天幕よりも、この冒険者ギルドの方が治療と言う一点においては遥かに劣る環境なのだ。

「とにかく受け入れ準備を。誰か薬局へ行って毒消しポーションを仕入れてきて。あと、中央神殿に救援を要請。毒消しの魔法を使える神官を回してもらわないとポーションだけではなんともならないわ」

その日、受付業務をしていたマリアーナ・ルルモアは、この報を受けて近くに居るギルド職員たちに指示を出していた。

長命種のエルフである彼女はこのギルドの中でも勤続年数はトップクラスであり、この手のトラブルの時は自然と中心となって動くことになっていたからだ。

「あと、誰か錬金術ギルドへ行って頂戴。たとえギルドマスターがいなくても多分伯爵様がいらっしゃるでしょうから、毒消しポーションを作ってもらってきて。こんなこと、滅多に無いもの。薬局にもそれほど在庫がないはずだから、毒に侵された人を大勢つれてこられたら多分足りなくなるわ」

イーノックカウ近くの森に生息する魔物の殆どは巨大化かボーン属性で、状態異常属性のものは少ない。

それだけにあまり売れない毒消しポーションは薬局と言えどもそれ程多くは在庫を持っていないのだ。

しかし伝令によれば結構な数の冒険者が毒を負っているとのこと。

急いで製作してもらわないと、絶対数が足りなくなると予想される。

だからこそ、彼女は錬金術ギルドに製作依頼をしようと考えた。

「あと、誰か奥に行ってカルロッテちゃんに休むように言って来て。今日はまだ殆ど治癒魔法を使っていないと思うけど、この後かなりの数を治療してもらわなければいけないから、少しでも魔力を回復させておかないと」

そして最後に神殿から冒険者ギルドに出向して来ている女性見習い神官にも休むように指示を送る。

中央神殿からの救援が間に合えばいいが、最悪の場合彼女には魔力が枯渇するまで治癒魔法をかけてもらわないといけないのだから。

それから20分ほどした後、冒険者ギルドの中は野戦病院さながらの地獄のような光景になっていた。

次々に運び込まれる、毒を受けたり怪我をしたりして一人で歩くこともできない冒険者たち。

その中には毒によって顔色が青を通り越して紫色になっている者までいる。

だがギルドに運び込まれた時点で血を吐くほど毒が回っていた者が複数いたので、備蓄分の毒消しポーションはすでに使用済み。

そして近くの薬局からかき集めた物も全て使ってしまって、もうここには1本も無い。

「大丈夫ですか!?　しっかりしてください」

見習い神官のカルロッテも必死に治療して回ってはいるものの、彼女はまだ傷の治療ができるだけで毒の患者にはまったくの無力。

それでも魔力が枯渇してふらふらしているにもかかわらず、倒れている冒険者たちに声をかけてなんとか励まそうとしてくれていた。

「中央神殿からの応援はまだなの？」

「一報が入ってすぐに人をやりましたが、ここからの距離を考えると後30分はかかるかと……」

このイーノックカウは地方とは言え大都市と呼べるほどの大きな街だ。

すぐに助けを求めに走ったが神殿に到達するのにも、その神殿から救援が来るのにもそれ相応の時間が掛かってしまうのは仕方が無かった。

そんなことは自分でもよく解ってはいる。

しかし改めて近くに居る職員からそう答えが返って来たことにより、その現実を再認識してルルモアは絶望に頭を抱える。

そんなに時間が掛かっていては間に合わない者が何人かでてくるのは誰の目にも明らかなのだから。

ああ、こんなことなら劣化破棄を恐れず、もっと多くの毒消しポーションを常備しておくべきだった。

今更そんな事を考えても何の意味もないのだけれど、彼女はそう思わずにはいられない。

と、そんな時である。

「なんだこりゃ！」

一組の親子が冒険者ギルドの扉を開けて入ってきて、その親が驚きの声をあげた。

その声に驚いてドアのほうに目を向けたルルモア。

彼女はまさかこの親子の登場によってイーノックカウ冒険者ギルド最大の危機を無事脱することができるなどとは、この時はまだ想像すらしていなかった。

なぜそこにカールフェルトさんとルディーン君がいるの？

あまりに絶望的な状況に少し混乱していた私、マリアーナ・ルルモアはその疑問に囚《とら》われてしまった。

そしてこんな危機的状況だと言うのに予想外のことが起きたせいで、その状態のまま頭がフリーズしてしまい何の判断もできない空白の時間ができてしまったのよ。

だから私は大きなミスを犯してしまうこととなる。

「たいへんだ！」

目の前の光景に居ても立ってもいられなくなったのであろうルディーン君が一番重症の冒険者の元へと走って行く。

その姿を見てもどこか物語の一場面を見ているようで、私はただぼ〜っとその姿を目で追うことしかできなかった。

しかし、そんな呆《ほう》けた私の頭もギルド職員の言葉で一気に覚めることになる。

「なんだ!?　子供？　坊や、こんな所に来ちゃダメだ」

「はっ！」

そうよ。確かあの冒険者はこの中でも一番重症で、毒の回り具合から考えると多分もう助からない。

ルディーン君は簡単な治癒魔法なら使えると言っていたから助けようと駆け寄ったのだろうけど、毒は専用の魔法じゃなければ治せないもの。

このままでは彼の目の前で人が死んでしまう。

もしそうなったら心にどんな大きな傷を残すことになるか解らないわ。

「何をやってるんですか、カールフェルトさん！　早くルディーン君を外に連れ出して！　子供にこんな光景を見せてはダ……」

私の位置からでは床に寝かされている冒険者たちが邪魔で駆け寄る事ができないから、父親であるカールフェルトさんにルディーン君を患者から遠ざけてもらおうとそう叫んだ。

そう、叫んだんだけど。

その叫びを全て口にする前に、事態は思いも寄らない方向へと進んで行ったのよ。

「キュア・ポイズン」

……えっ、なに？　何が起こったの？

今、目の前で何が起こっているのか、私には理解できなかった。

だって、ルディーン君が……。

あれ？　ルディーン君は魔法で魔物を狩るって言っていたから魔法使いのはずで……あれ？　神官だったかな？

いや、確かルディーン君は神官じゃないって彼自身が否定していたわよね？

でも今キュア・ポイズンを……。

あれぇ～？

私が混乱の極致にいるというのに、ルディーン君は瀕死《ひんし》だった冒険者にキュアまでかけて次の冒険者の元へと走っていく。

そしてその次の冒険者も、私たちからすればもうけして助からないと思っていた人なんだけど……。

「キュア・ポイズン。キュア」

それなのにあっさりと治療して、さっさと次の冒険者の元へと走って行ってしまった。

その光景に私の頭は大混乱。

思わずルディーン君に駆け寄って何がどうなっているのか聞き出そうとした。

そう、危うくしそうになった。

けど当のルディーン君は、今も瀕死の冒険者を助ける為に走り回っているもの。

流石にそんなことに時間をとらせるわけには行かないって、きわどいところで気が付いたのよね。

だから私はルディーン君ではなくその父親、カールフェルトさんに話を聞くことにしたのよ。

慎重に、ゆっくりと、寝ている冒険者に気をつけながらギルド入り口まで移動して未だそこでぽかんとしているカールフェルトさんに声をかける。

「カールフェルトさん、これは一体どういうことなのですか？」

「え？　ああ、村へ帰ると言うことで、冒険者ギルドに顔を出しただけですよ」

う～ん、どうやらうまく伝わらなかったみたいね。

だから今度はきちんと解るように問いただす。

「いえ、そうではなくてルディーン君です。彼はなぜキュア・ポイズンを使えるのですか！」

「へっ？　あの魔法、使えたら何か変なのですか？」

ああ、そうか。

そう言えばカールフェルトさんは魔法について何も知らないんだっけ。

「違います！　ルディーン君は魔法使いのはずですよね？　そのルディーン君がなぜキュア・ポイズンを使えるのかを聞いているのです」

今度こそちゃんと質問の意図は伝わっているはず！

私はそう思っていたんだけど、カールフェルトさんはそう思っていなかったみたいで不思議そうな顔をしながらこう答えたの。

「ルディーンが魔法使いですか？　えっとそれって確かジョブとかいう奴ですよね。いえ、ルディーンは魔法使いとかいうジョブじゃないと思いますよ。どちらかというと戦士か狩人だと思います」

「はっ？」

何を言っているんだ、この人は。

だってルディーン君は魔法で獲物を獲ってきているんでしょ？

それなら彼のジョブは魔法使いじゃないとおかしいじゃない。

だって見習い魔法使いでは動物ならともかく、魔物に通用するほど強い魔法は撃てないはずだから。

そのことをカールフェルトさんに問い詰めると、彼は困惑しながらこんなことを言い出したのよ。

「いや、ルディーンのジョブ？　は多分戦士か狩人ですよ。だって8歳の誕生日に初めて剣を持ったというのに、その瞬間から見事な扱いを見せましたからね。それに昨日も初めて森に入ったというのに、あっと言う間に森の歩き方をマスターしましたから」

はぁ？　ルディーン君のジョブは魔法使いか神官なのよ？

ナイフならともかく、ショートソードの扱いがそんなにうまいはずないじゃない。

「剣？　短剣とかナイフではなくて？」

「ええ、子供だからプレゼントしたのは刃渡り40センチほどのショートソードですが、ナイフのような小さなものではありませんよ」

そう思って聞いてみたんだけど、カールフェルトさんからはそんな答えが返って来た。

えっと、それってどういうこと？

ナイフのような小さな刃物なら扱いやすいから、初めて持った時からうまく扱えたとしても理解できるわ。

でもそれがショートソードとなると話は変わる。

ある程度の重さと長さがあるショートソードは扱いが難しいもの。

FやEランクの冒険者の中には毎日使っているにもかかわらず、中々うまく扱えるようにならなくて武器を傷める人がいるほどなのよね。

それにカールフェルトさんが見事な扱いを見せたと言うのなら、間違いなくルディーン君はショートソードをうまく扱えるはず。

だってあそこは他と違ってちょっと特殊で、魔物相手に通用する技術以外は認めない村なんですもの。

ならばルディーン君が戦士のジョブを持っていると考えてもおかしくはないわ。

そう考えたのも束の間、カールフェルトさんは新たな爆弾を私に落としてきた。

「それにさっきも言ったでしょ？　ルディーンは初めて森に入ったというのに、すでに熟練者かと思うほど森の中でうまく立ち回ったんですよ。魔物を狩る時には草も折らず、音も立てずに気配を消して近づいて見せたし、俺がほんの小さな動物が移動した痕跡の見つけ方を教えるとすぐに自分で別の痕跡を見つけてましたからね。剣は扱いがうまいというだけですから、どちらかというと狩人だと思いますよ、ルディーンは」

森の中で獲物に気づかれないように近づくのはとても難しく、動物のかすかな痕跡を見つけるのはもっと難しい。

そんなことは冒険者ギルドで働いているからだけじゃなく、森の中で生活するエルフである私にはよぉ～く解っている。

それだけにカールフェルトさんの話を聞くと、ルディーン君のジョブは狩人かそれに順ずるジョブとしか思えないのよね。

でも。

私は改めてギルド内に目を向ける。

「キュア・ポイズン。キュア」

そこには元気に駆け回りながら次々と冒険者たちを治療して回るルディーン君がいるわけで。

「神官？　魔法使い？　狩人？　ルディーン君、君って一体なんなのよ」

目の前に展開するこの状況の中、何がなにやら解らず私はより一層混乱の度合いを深めて悩み、頭を抱えるしかなかった。


ルディーン君のジョブについて私がこんなに頭を悩ませているると言うのに、当の本人はと言うと元気に冒険者たちの間を走り回って毒を消して回っている。

でも毒消しの魔法は解るけど、彼はなぜ毎回その後にキュアをかけているのだろう？

見たところルディーン君は、症状が重い人から順番に毒を消して回っているみたいね。

手遅れになるかもしれないからそれは解るのだけど……。

その人たちは大怪我も負っていたから、運び込まれた時点でカルロッテちゃんがキュアをかけているはずなのよ。

ならば外見上の怪我はすでに治っているはずなんだけど。

そんなことを考えながら私はルディーン君の姿を目で追っていたんだけど、治した人数が10人を少し超えた頃かな？

それまでなら魔法をかけ終わるとすぐに次の冒険者の元へと走っていた彼が、不意に今までとは違う動きを見せた。

少しの間だけど動かずに何かを考えるような素振りをしたかと思ったら次の瞬間、急に冒険者たちから離れて壁際まで走って行ったのよ。

だからなぜそんなところに行くのかと思って見ていると、なんとその場に座り込んでしまったのよね。

いったいどうして？

それを見た私は軽いパニックになる。

だってその寸前までは本当に元気に走り回ってたのに座り込んだルディーン君は、その場でうずくまったままピクリとも動かなくなってしまったんですもの。

はっ！　もしかして魔力の枯渇で体調を崩したんじゃ？

彼は前に自分は魔力が０になっても気分が悪くならないって話してくれたけど、それはあくまで魔法の練習をしている時の話だ。

練習なんだから当然椅子に座るなどして、落ち着いた環境で魔法を使っていたはずよね。

走り回って魔法を行使するのは、ルディーン君にとっても初めてのことだろう。

ならば普段と違って気分が悪くなったりしてもおかしくはないんじゃないかしら？

もしそうだとしたら大変じゃない！

彼はしっかりしているように見えてもまだ8歳の男の子だ。

大人なら自分の体調から無理だと判断すれば、そこで立ち止まるだろう。

でもそれがまだ小さな子供だったら？

そんな一旦引いてしまうような状態だったとしても、自分がやらなきゃって思いから子供特有の無茶で貫き通してしまったのかもしれないもの。

「カルロッテちゃん、ルディーン君が座り込んで動かないの。一緒に来て！」

「えっ、あっ、はい！」

それが解ったからと言っても私に何か出来るわけじゃない。

私は近くにいた治癒魔法の使い手、見習い神官であるカルロッテちゃんに声をかけて二人でルディーン君の元へと駆け寄ったのよ。

「ルディーン君、大丈夫？　魔法の使いすぎで気分が悪くなったの？」

そして慌てながらも静かに、なるべく優しい声でルディーン君に話しかけたわ。

もしここで私があせった声で話しかけたら、きっと彼は無茶をしてでも元気な振りをするだろうと考えてね。

「その声はルルモアさん？」

すると彼は思いのほか元気な声で返事をしてくれたんだけど、その姿はうずくまったままで顔もあげなければ目も開けてくれなかった。

だから私はやはり気分が悪くなったのだと思い、カルロッテちゃんに治癒魔法をかけてもらおうと考えたんだけど。

「だいじょうぶだよ！　ＭＰが切れたからかいふくしてるだけだもん」

「へっ、えむぴぃ？」

ルディーン君が元気な声でそう言ったものだから私はカルロッテちゃんと二人、顔を見合わせながら首を捻ることになってしまった。

「うん、MP。キュア・ポイズンとキュアを使いすぎて無くなっちゃったから、こうやってかいふくしてるんだよ」

私の返事を聞いて、よく解っていないと考えたのだろうか。

彼はなぜうずくまったままなのかを説明してくれたのだけど、魔法を使えない私には何がなにやらさっぱり解らない。

でもカルロッテちゃんは、その説明だけで理解したみたいね。

「多分彼は魔力のことを言っているのだと思います。ルルモアさんはステータスを見ることができるので、魔力のことはご存知ですよね？」

「ええ、魔力は解るわ。生命力同様数値として出ているもの。そう、えむぴぃって言うのは魔力のことなのね」

聞いたことのない名称だったけど、ルディーン君は魔法を独学で学んだって言っていたもの。

正式な言い方を知らなくて、そんな私たちが聞いたことの無い呼び方をしていたのかもね。

でも、そのえむぴぃってのが魔力だって言うのは解ったけど、なぜそれを回復するのにルディーン君がこんな所でうずくまっているのかが、私にはよく解らなかった。

「ルディーン君が魔力を回復しているのは解ったわ。でもなぜそんな恰好を？　魔力を回復するのならベッドに寝て安静にしてないといけないんじゃないの？」

そう。魔力を回復するにはベッドに寝て目を瞑《つむ》り、安静にするかそのまま寝てしまうと言うのが一般的だ。

一応普通に生活していても少しずつは回復していくらしいんだけど、早く魔力を取り戻そうと思うのならそうするのが一番だって私は聞いているもの。

「この方法でもかいふくするよ。だってぼく、やったことあるもん」

ところがルディーン君からはこんな答えが返って来たのよね。

だからカルロッテちゃんに、この話は本当なのかと聞くために目を向けたんだけど、

「そんな方法は私も初耳です」

彼女からはこんな返事が。

そっか、やっぱりカルロッテちゃんも、こんな方法で魔力が回復するってことを知らなかったのね。

「ルディーン君、だったかな？　それってどうやればいいの？　今君がやっているみたいに、しゃがんでじっとしてればいい？」

「ううん。あとね、目もつむらないといけないんだよ」

だからなのか、カルロッテちゃんはルディーン君からやり方を聞いて早速実践してみることにしたらしい。

「ルルモアさん、私はステータスが見られないからはっきりと自覚することができません。ですから確認してもらえますか？」

「えっ？　ええ、解ったわ」

カルロッテちゃんがルディーン君の横に移動して同じ姿勢をとったので、私も彼女のステータスを見て魔力の上限を確かめる。

すると驚いたことに、彼女の魔力が少しずつ回復して行ったのよ。

ならばルディーン君が言ったことは本当。

この方法を使えば、ベッドに寝なくても魔力は回復するのだろう。

「どうですか、ルルモアさん。魔力は回復していますか？」

「ええ。驚いたわ。本当に回復していってる」

そのことをカルロッテちゃんに伝えると彼女は少し黙って考え、自分の中でまとまった考えを私に話してくれた。

「これはあくまで私の想像なんですけど、魔力の回復に必要なのは姿勢ではなく安静にして目を瞑るという行為そのものだったのではないでしょうか？　だからわざわざベッドに寝なくても、こうして楽な姿勢をとって目を瞑っていれば魔力は回復して行くのだと思います」

「うん、そうだよ。でもねぇ、ねるともっと早くかいふくするから、時間があるならベッドで寝ちゃったほうがいいんだよ」

そして私たちの話を聞いていたルディーン君が、カルロッテちゃんの考察を肯定してくれた。

そうか、ベッドで寝るという行為もちゃんとした意味があったのね。

でもただ座って目を瞑るだけでも魔力が回復するなんて大発見じゃない！

これは多分、この世界全体を揺るがすほどの情報ですもの。

とまぁ私はその新事実に興奮を隠し切れなかったんだけど、その大発見をした当の本人はと言うと。

「そんなことも知らないんだ。おとななのに、だめだなぁ」

なんてあきれ顔で言っているんですもの。

だからこそことの重大さがまったく解っていない彼に代わって、私がこの事実の発見者としてルディーン君を登録しなければって強く感じたのよね。

だって魔法や魔道具の特許と違ってお金にはならないけど、かなりの名誉にはなるもの。

彼の将来の為にも、この騒ぎが収まったらすぐにギルドの記録に記載して、この国のギルド本部にも書簡を送らないといけないわ。

そう。私はこの時、こう思っていたのよ。

でもそんな私の決意はあっと言う間に頓挫《とんざ》することとなってしまう。

「でも知らないんだったら、みんなに教えてあげないといけないね」

「ええ、だからこの騒ぎが終わったらすぐギルドの記録に発見者がルディーン君だって記載して、本部にもこの内容を全支部に伝えるよう書簡を送るつもりよ」

これを聞けば彼もきっと喜んでくれるだろうと思って私はそう伝えたんだけど、ルディーン君から返って来たのは思いがけない言葉だった。

「えぇ～、やだ！　こんなの、ふつうのことだもん。それを見た人に、こんなかんたんなのをおしえただけで、なんで？　って言われるのいやだから、ぼくの名前はぜったい書かないでよ」

これ以降、いや名誉な事だから、歴史的な大発見だからと私がどんなに説得してもルディーン君は「やだ！」の一点張り。

こうして私の決意は脆《もろ》くも崩れ去ったのである。

5 冒険者ギルドは大助かり？

「冒険者ギルドに60人以上の怪我人が運び込まれた時はもう駄目かと思ったけど、なんとかなって本当に良かったわ」

ルルモアさんは神官様や冒険者さんたちが引きあげて、少しがらんとした雰囲気になっている冒険者ギルドを見渡しながらそんなことを言った。

そっか、そんなにいたのか。

僕たちが冒険者ギルドに来た時にはもうポーションや見習い神官のお姉さんの魔法で何人かは助かってたそうなんだよ。

でもね、そんなのはすぐに底を突いてしまったからルルモアさんは正直、もうどうにもならないって思ってたんだって。

「ルディーン君が来てくれて本当に助かったわ」

「ホントびっくりしたよ。だって、ギルドに来たらみんなたおれてるんだもん。なんで!?　って思ったんだよ。でね、よく見たらみんなどくになってたから、これはたいへんだ！　って。だからぼく、なんとかしなきゃって思ってがんばったんだ」

普通にお別れの挨拶をするために来ただけなのに、こんなことになってるんだもん。

でも、昨日レベルが上がっててホントよかったなぁ。

2レベルのままだったらキュア・ポイズンは使えなかったもん。

これもみんなお父さんが森に連れて行ってくれたおかげだね。

「それでね、今日のことがなんとかなったのは、お父さんのおかげなんだよ」

「えっ、俺？」

だから僕はそう言ったんだけど、お父さんは急に自分のことを言われたもんだからびっくりしちゃって、どうしてなのってお顔をしてるんだ。

もう、何で解んないかなぁ？

「だって昨日、お父さんがぼくのまほうはゆみとおんなじだっておしえてくれたから、そのおかげでいっぱいたおせてレベルが上がったんだもん。もし昨日上がってなかったらキュア・ポイズンはまだ使えなかったから、今日ぼくがここにいてもどうしようもなかったと思うんだ。だから今日のことはお父さんのおかげなんだよ」

僕はえっへん！　と胸を張って、そうお父さんに教えてあげたんだ。

ところがそれを聞いて複雑そうな顔をする、お父さんとルルモアさん。

何でか解んないけど、二人して困ったかのように顔を見合わせてたんだ。

「そうか、じゃあ俺がルディーンを森中引っ張りまわして魔物を狩らせたのも、一応ギルドの役に立ったということか」

「ええ、そうみたいね。それで助かったのは事実だわ。でも、小さな子供に無理をさせるのはやっぱり許せないけど」

そして二人はそんな表情のまま、苦笑い。

そういえばお父さん、昨日僕がフラフラになっちゃったもんだからルルモアさんに叱られたんだっけ。

ならやっぱりお父さんがやったことって怒られる事なのかなぁ？

でも昨日のことがなかったら今日、もっと大変になっていたはずだし。

う～ん、よく解んないや。

まぁとりあえずみんな助かったんだから、めでたしめでたし！　でいいかなって僕は思ってたんだよ。

でも、このお話はこれで終わりじゃなかったみたい。

「さて、じゃあそろそろルディーン君が行った治療に対するギルドからの報酬の話をするわね」

ルルモアさんが、いきなりこんなことを言い出したんだ。

報酬？　僕、別に依頼を受けてやったわけじゃないんだけど。

「ぼく、みんながたいへんそうだったから、まほうをかけてただけだよ。クエストを受けたわけじゃないのに、何で？」

そう思ったから聞いてみたんだけど、そしたらルルモアさんは働いた以上は報酬が出るのは当たり前だって笑いながら言ったんだ。

「今回のことは確かにギルドからの依頼ではなかったわ。でも、ルディーン君が魔法を使ってくれなければ多くの冒険者が命を落としたり、重い後遺症が残って引退しなければならなかったと思うのよ。だからルディーン君がキュア・ポイズンを使えると知っていたら間違いなく依頼を出していたはずよ」

「でもさぁ、ぼくがかってにまほうを使ったんだから、やっぱりお金をもらうのは……」

「はい、ストップ！　ルディーン君。人の話は最後まで聞こうね」

依頼を出していたはずって言っても僕が勝手にやったのには変わらないと思ったから、やっぱりお金は貰えないって言おうとしたんだよ。

でもそれを言い切る前に、ルルモアさんにストップって言われちゃったんだ。

人の話を最後まで聞かないのはルルモアさんの方じゃないか！

僕はそう思ったんだけど、先に話をしていたのは確かにルルモアさんだもん。

だから黙って聞くことにしたんだよね。

「あのね、ルディーン君。そもそもキュアやキュア・ポイズンのような治癒系魔法にはちゃんと決められたルールがあるの。街で使った場合、家族や親類縁者、それにパーティーメンバーなどの特別な場合じゃなければ、必ず相手からお金を取らないといけない規則になっているのよ」

「ええっ!?　取らなきゃダメなの？」

そしたらルルモアさんが、そんな規則があるんだよって教えてくれたんだ。

「ええ、そうよ。これは冒険者ギルドだけじゃなく、ほとんどの国でそういう決まりになっているのよ」

これにはびっくり！

なんとこれって国で決めてることなんだね。

ならお金取らないと捕まっちゃうのかなぁ？

それにさぁ、なんでなの？　人助けなのに。

「それってけがしてる人をなおしたら、ぜったい取らないといけないの？　なんで？」

「それはねぇ、それを生業にしている人がいるからなのよ」

僕の質問の答えを、ルルモアさんは丁寧に話してくれた。

「怪我をしたり病気になった場合、普通はみんな神殿に行って司祭様に魔法をかけてもらったり、そこまでするほど酷くなかったとしても薬局に行って薬草を使ったお薬を買うでしょ？　中には値段の高いマジックポーションを買う人もいるわね。でもさぁ、もし治癒魔法が使える人が全部ただで治しちゃったら、その人たちはどうなると思う？」

「たぶん、こまっちゃうね」

「そうよね。だから治癒系の魔法を使う場合はお金を取るようにって、この魔法はこれだけってきちんと値段まで決められてるのよ」

そっか、確かにお金を貰わずにみんな治しちゃったら、そう言う人たちは仕事がなくなっちゃうもん。

だからお金を取らないといけないってことになってるんだね。

あっでも、黙って治しちゃえば解んないんじゃないかなぁ？

そう思って聞いてみたんだよ。

「普通の神官は聖印に治癒魔法の記録が残るから、黙っていてもいずれ解ってしまうの。ルディーン君の場合は冒険者ギルドカードがそれにあたるのよ。あれも神官の持っている聖印同様、治癒魔法を使ったり使われたりしたらその記録が残るようになってるわ。街に入る時は身分証明の為に門番に見せるでしょ？　だから魔法を使った時に街にいたかどうかなんてすぐに解っちゃうんだから、こっそり使おうとしたってダメよ」

「そっかぁ」

どうやら誰かがおケガをしてても、こっそり使うことはできないみたい。

あっでも、街の外に連れ出せばいいってことなのかな？

「そうね。街の外まで連れ出せばその法は適用されないから、普通なら問題はないわね。ただ治してもらった人が冒険者で、なおかつポーションなどで治療したのならお金を払わなければいけなくなるわよ」

「なんで？　外ならいいんじゃないの？」

「それはね、冒険者ギルドがそう決めているからなのよ」

どうやらこれは国が決めた事じゃなくって、冒険者の間だけの取り決めらしいんだ。

だからそれ以外の人なら何の問題も無いけど、冒険者だけはポーションなんかのお金がかかる治療法を使った場合はちゃんとお金を払わないといけないんだって。

ではなぜ冒険者だけはだめなのか？

それにもちゃんとした理由があったんだよね。

「例えばすごく強いモンスターが現れて、その討伐に冒険者たちが招集されたとするわね。そこで怪我をした強い人が弱い人を脅してポーションを使わせて、そのお金をもらえなければ困っちゃうでしょ？」

「ええっ、そんなこと、あるの!?」

「それがねぇ、過去にそんな事が実際に起こったらしいのよ。弱い冒険者は討伐の役に立たないからポーションで役に立てなんて言うとんでもない理屈をつけてね。でもその弱い冒険者もクエストを受けたのではなく招集されたのだから、そんな言い分をギルドが許すわけには行かないでしょ？だから冒険者に限り、ポーションなどを使った場合は、そのお金を払わなければいけないってルールになったってわけ。まぁルディーン君の場合は魔法で治せちゃうから、お金を取らないといけないなんてことにはならないと思うけどね」

そっか、そんなことがあったんだね。

ポーションは値段が高いって、錬金術ギルドのロルフさんが言ってたもん。

無理やり取られちゃったら大変だから、その規則はいるよね。

こうして話を聞いてお金を取る理由がちゃんと解ったから、僕はやっと納得したんだ。

「それじゃあルディーン君が解ってくれたと言うことで、報酬の話に移るわね。カルロッテちゃん、治癒魔法の相場っていくらだっけ？」

「私のような見習いならキュア1回で銀貨20枚ですが、ルディーンさんの場合、キュア・ポイズンを使えるという事は中位神官に当たりますから回復量から考えてキュアで銀貨60枚。キュア・ポイズンは中位治癒魔法ですから金貨1枚と銀貨50枚ですね」

「「はい？」」

金額を聞いて、思わずハモッてしまう僕とお父さん。

えっと、僕って何人治したっけ？

なんかすごい事になってそうなんだけど。

僕はとんでもないことになったぞ、なんて思ってたんだけど……。

「そう、思ったより安いのね。毒消しや体力回復にポーションを使ってたらその倍以上かかってただろうけど、ポーションを使った人たちからは公平を期するためにも治癒魔法での代金しかもらえないからなぁ。ギルドの予算を考えると、もしルディーン君がいなかったらと思うとぞっとするわね。本当に助かったわ」

どうやら冒険者ギルド的にはとっても安かったらしい。

う〜ん、ポーションって本当に値段が高いんだなぁ。

普通だったらすごい金額のはずなのに、ルルモアさんからは安くすんで大助かりなんて言われちゃったもん。

びっくりして、少しの間ぼーっとしちゃったんだ。

そしたらそんな僕の様子を見て、お父さんはここでいっしょにお話を聞かない方がいいって考えたみたい。

「まぁお金に関してはお父さんがルルモアさんと話をするから、ルディーンはあっちで休憩してなさい。いくらそのつど回復していたとは言え、あんなに何度も魔法を使って疲れてるだろうからな」

そう言って冒険者ギルドの隅にある酒場になっている一角を指差したんだ。

で、どうやらルルモアさんもその意見には賛成みたいで、

「そうね。それがいいわ。ねぇ君、ルディーン君をテーブルまで案内してジュースと軽食を用意してあげて。あれだけ助けてもらったんだから、経費は当然ギルド持ちでね」

近くにいたギルド職員の制服を着たお兄さんに声を掛けて、僕をテーブルで休ませるようにって指示を出した。

「解りました。では此方《こちら》へ」

「うん」

僕もさっきの事でもらえるお金にどれくらいの価値があるか解んなくなってるんだよ。

何より、いっぱいお金をもらえたとしても大人になるまでは使えないようにしてるってお父さんが前に言ってたもん。

だから詳しい金額を知っても、びっくりするだけで意味がないんだよね。

だからお兄さんに連れられるまま、僕はテーブルへと向かう事にしたんだ。

私、ルルモアはルディーン君と別れ、カールフェルトさんとカルロッテちゃんとの3人でテーブルについて彼の報酬の話を始めた。

「それでは内訳を言うわね。まずキュア・ポイズンの使用回数が39回。今回ギルドに運び込まれた冒険者は全員が毒状態で人数も64人と考えられないくらい多かったのに、その半分以上をルディーン君が治した事になるわね」

「そんなに治したのか」

「ええ、これは驚異的な数字よ。ルディーン君が魔力の回復方法を知っていてくれたからこその人数ね。だって回復しなければ、ルディーン君の魔力は最初の13人で尽きていたはずですもの。と同時に、私の見立てではもしルディーン君がそれだけの人数しか治せなければ最低でも4～5人の死者が出ていたでしょうね」

「回復無しでも13人ですか。魔力量も多いんですね、ルディーンさん」

この話を聞いて、私たちとは違ったところに驚いているカルロッテちゃん。

魔力量が少ない見習いの彼女からすればそんな感想を持つのも解る気がするけど、実を言うとこれは3レベルの魔法系ジョブ持ちなら極端に多いという数字ではないのよね。

なにせ生命力と魔力を含む各ステータスはジョブが発現した瞬間、大きく跳ね上がると言われているもの。

それだけにルディーン君が最初に治療した13人と言う数は驚くほどの数字じゃない。

やはり特筆すべきは魔力の回復方法の発見だろう。

今回この情報がルディーン君によってもたらされたおかげで、カルロッテちゃんも底をついた魔力を回復する事ができてまた治療に復帰してくれたのも大きかったわ。

おかげで下級ポーションの消費を大きく減らすことができたんですもの。

やっぱりルディーン君に黙って名前を登録しちゃおうかしら?

でも、それが後でばれて嫌われるのもいやだしなぁ。

まぁそんなことはとりあえず横に置いて、ここは話を元に戻そう。

「さて続いてキュアの数だけど、こちらは29回ね」

「えっ、そんなに少ないんですか？　ルディーン君にキュアをかけてもらった人のほとんどは、生命力がほぼ全快になっていたんですよねぇ？　でもその数字だと重症の人相手でさえ、1回ずつしかかけていない計算になるんですけど……」

そうなのよねぇ。

最後のほうに治療を受けた軽症の人たちならともかく、瀕死だった人たちまで一度のキュアで生命力がほぼ全快しているのを見た時は私も本当に驚いたわ。

これがカルロッテちゃんだったら5～6回はかけないと全快にはならないだろうから、これは凄いとしか言いようがないわね。

「ええそうよ。う～ん、本当は業務で知ったステータスを人に話すのは禁止されてるんだけど……

カールフェルトさん、ルディーン君の回復魔力だけ、ここで喋っちゃってもいいですか？」

「回復魔力ですか？　まぁ、この面子《メンツ》なら話したところでルディーンが困ることもないでしょうからいいですよ」

ルディーン君はまだ成人前だから親の承諾が得られれば情報を開示する事ができる。

そしてその承諾を得られたということで、私はカルロッテちゃんにルディーン君の回復魔力の数値を話すことにしたの。

見習いとはいえ、神官であるこの子ならその凄さが解ると思ったから。

「ルディーン君の回復魔力をさっき確認したら、なんと１４０になってたわ」

「ひゃっ、１４０!?　なんですかそれ、中級神官なんてものじゃないですよ。普通キュア・ポイズンが使えるようになったばかりの神官ならその半分、70前後くらいのはずなのに」

そうなのよねぇ。

私も職業柄、定期的にイーノックカウの中央神殿に行ってステータス確認をしている。

だけど回復魔力が１００を超えてる人はほんの一握りだし、１４０を超えるとなると本当に数人しかいない。

そしてそのほとんどが結構な年齢になっている人たちばかりなのよ。

「私は人のスキルまでは見ることができないからはっきりとは言えないけど、多分ルディーン君は回復魔力上昇のスキルを持っているんだと思うわ。それも常時発動のをね」

「なんですかそれ。神官でそんなスキル持っていたら、すぐに中央から使者が来て帝都に連れて行かれちゃうレベルじゃないですか」

「そうね。持っている人が1万人に1人居るか居ないかくらいのレアスキルですもの。それを持っていて、なおかつ治癒魔法が使えるのだからルディーン君が孤児や神殿生まれだったら間違いなく中央で英才教育を受けることになったでしょうね」

この手のスキルを持ってる人って、生まれた時からそれを身につけていることがほとんどなのよ。ただ残念なことに、そんなスキルを持って生まれてきたからと言っても誰もが自分のスキルに適した職業についているわけじゃないのよね。

例えば体力が上昇するスキルを持って生まれたのに露天商をやっている人もいれば、知力が上昇するスキルを持っているのに農民をやっている人もいる。

優秀なスキルを持っていたとしても、ほとんどの人は自分やその周りにスキルを見ることができる人がいないから、死ぬまでそのことに気づかない方が普通なのよねぇ。

だからこそルディーン君のようにスキルと職業が合致している人の方が稀《まれ》なのよ。

ん？　いや、ルディーン君からすればやっぱり合致してないのかな？

「ただ、私たちからするととても有効なスキルに思えるけど、彼の場合は狩りを生業にしたいみたいだからあまり意味がないスキルと言えるかもね」

「確かになぁ。今回は役に立ったけど、ルディーンにとっては意味がないスキルかもしれん」

「そうですか？　ルディーンさんって魔物を狩るお仕事につくつもりなのでしょう？　なら回復魔力が上がるのはいいことだと思うんですけど」

うん、これが普通に魔物を狩るのならそうだろうね。

でもルディーン君はその点、特別だから。

そう思ってはみたものの、そのことをうまく言葉にできそうになかった私は、カールフェルトさんに説明してもらえるよう目線を送る。

すると彼はその視線の意味を察して、カルロッテちゃんに理由を話してくれた。

「ルディーンは俺たちと違って魔物に近づくことなく狩りができるんだよ。何せ魔法で、確か〝まじっくみさいる〟だったかな？　そんなので急所を打ち抜いて狩るのだから怪我をする心配がない。いくら回復魔法がうまくても宝の持ち腐れってもんなんだ」

「……えっ？　ルディーンさんのジョブって神官なんですよね？　ならマジックミサイルを使えるはず、ないじゃないですか」

「それが使えちゃうのよねぇ。彼」

それから少しの間ルディーン君のジョブの話になったんだけど、これに関してはいくら話し合ったところで答えが解るものじゃない。

だってこの街にはジョブを見ることができる人がいないのだから、いくら気になるからと言っても確かめることはできないもの。

そして今のところ、ルディーン君の能力は私たちの知っているどのジョブにも当てはまらない。

この話題は最終的にはどうやっても答えが出せずに、全員が悶々とすることになるという悲しい結果に終わった。

「さて、それじゃあさっきの数字を基に金額を算出するわよ。まずキュア・ポイズンが39回で58万5000セント、それにキュアが29回で17万4000セント、合わせて75万9000セントね。貨幣で言うと金貨75枚と銀貨90枚」

「わぁ、凄い大金ですね」

「ああ、村にある小さな家なら買える金額だな」

確かに子供に持たせるには大きすぎる金額よね。

「そっか、ルディーン君はあの歳でお金持ちになったんですね」

「それがねぇ、そうでもないのよ」

「えっ、なぜですか？　ルルモアさん。この金額なら十分お金持ちじゃないですか」

ええ、普通ならそうなのよ。

でもこれがルディーン君となると、この金額ではお金持ちとも言えないのよねぇ。

「ああ、なるほど。確かにルディーンの場合は、この程度の金額が入ったからといっても、これで金持ちになれたとは言えないだろうなぁ」

「えっ？　それってどういう意味なんですか？」

「えっとそれは……。ねぇ、カルロッテちゃん。昨日ギルドにブレードスワローが持ち込まれたって話、聞いてる？」

自分の質問に対して一見何の関係も無いことを聞き返されたカルロッテちゃんは、一瞬ぽかんとする。

でもすぐに立ち直って、興奮したような口調で私にこう答えてくれたのよ。

「はい、知ってます。ブレードスワローってかなりの数が生息しているはずにもかかわらず、この街周辺では年間に3～4羽獲れるか獲れないかって言うほど貴重な魔物ですよね。なのにそれが一度に6羽も入荷したって話題になってましたから。凄いですよね」

「ええそうね。あれは潜伏って言うスキルが使える16レベル以上の狩人が、偶然木に止まっているブレードスワローを見つける。そんな幸運に恵まれない限り狩ることが出来ない魔物ですもの。それほど希少な魔物が6匹も一度に入荷したのは本当に前代未聞だわ」

「16レベル!? それってギルド基準で言うとAランクか、Bランクでもかなり上位の人ってことじゃないですか。そんな凄いレベルの人、この街にいましたっけ？」

「いないわね。そんな高レベルの狩人ならこんな街じゃなく、もっと稼げる場所に移動してるはずですもの」

高レベルの狩人にとって、自分の実力に見合う価値の獲物が偶然に左右されないと獲ることができないブレードスワローしかいないこのイーノックカウに居つくはずがない。

「えっ？ じゃあ、あのブレードスワローは誰が……って、まさか」

「ええ、ルディーン君よ。彼が魔法で探し出して、魔法で狩ったらしいわ。そうよね？ カールフエルトさん」

「ああ、ルディーンの魔法は弓を弾《はじ》く音もしなければ、飛んでいく風切り音もしないからな。横で見ていたけど、本当に面白いように獲れたぞ」

　いかに臆病で音に敏感なブレードスワローでも無音で近づく魔法の弾丸に気づくことはできず、見つけたものは全て狩れたそうなのよね。

　そしてその数が6羽だったのは、別にそれだけしか見つからなかったからじゃない。

　それ以上の数になると運ぶのが大変そうだったからという、ただそれだけの理由なのだから開いた口が塞がらないわ。

「あのぉ、ルルモアさん。ブレードスワローって、買い取り価格が物凄く高かったんじゃ？」

「ええそうよ。国内全体でも年間に十数羽しか獲れないのに、貴族の間ではその羽根がかなりの人気を集めているもの。昨日の買い取り価格は税金を引いても1羽、約100万セント、金貨で100枚と銀貨数十枚だったわね」

「それが6羽って事は、金貨600枚以上!?」

「それと微々たるもんではあるが、ジャイアントラットを買い取ってもらった金も全部ルディーンのギルド預金に入れたからなぁ。魔法一回の金額を聞いた時には流石に俺も驚いた。けどルディーンの預金は引き出し上限が設定されてるし、入っている金額的に見ても今更金貨が75枚程度増えたからと言っても大して変わらないだろう」

　太っ腹と言うかなんと言うか。

　普通ならその内のいくらかは自分の預金に入れそうなものなのに、カールフェルトさんは全額ルディーン君の預金に入れたんですもの、驚きよね。

そんなカールフェルトさんはと言うと。

「そうだなぁ、これだけの金額があれば、この街でも庭付きの豪邸が買えるんじゃないか？」

未だその金額に驚いているカルロッテちゃんに向かって、こんなこと言いながら笑ってたりするのよねぇ。

まぁ実際のところ、イーノックカウで庭付きの豪邸を買うとなると最低でも金貨１０００枚以上はするからこれだけでは無理かな。

だけど、昨日のブレードスワローも1時間ほどで狩ったっていうし、ルディーン君がその気になれば庭付きの豪邸、本当に数日で買えちゃうかもね。


「おーい、ルディーン。金の話は終わったぞ」

お父さんの声を聞いて、僕は目の前にあったジュースを慌てて飲み干す。

そしてカウンターに居るおじさんにお礼を言ってから、お父さんたちがいる方へ駆けて行ったんだ。

「お父さん。お話、おわったの？　ならもう村にかえる？」

「ああそうだな。思わぬことで時間を取られてしまったし、そろそろ帰らないとな」

お父さんはそう言うと、ルルモアさんとカルロッテさんの方を向いてお別れのご挨拶をしたんだ。

「それでは俺たちは、そろそろ村に帰るとします。お世話になりました」

だから僕もお父さんに続いてお別れのご挨拶。

「ルルモアさん、カルロッテお姉さん、またね」

「はい。また会えるのを楽しみにしてるわ」

「私はルディーンさんが次にこの街に来る時はもう冒険者ギルドへの出向は終わってるかもしれないけど、もし神殿に寄る様なことがあったら顔を見せてね」

するとニ人はお別れの挨拶を返してくれたんだけど、僕はカルロッテお姉さんのお別れの挨拶を聞いて、あれ？　って思ったんだ。

だっておかしいもん。

昨日はあんなに僕が魔法を使えるのを隠さなきゃいけないって言ってたルルモアさんが、何で今日は何も言わないんだろうって。

特に神官が使う癒しの魔法は攻撃の魔法よりも、もっと隠さないとって言ってたよね？

なら余計に変だよ。

それが気になった僕は、帰る前にルルモアさんに聞くことにしたんだ。

「ねぇルルモアさん、ちょっと聞いていい？」

「ん？　いいわよ。何が聞きたいの？」

「あのねぇ、きのうはぼくがまほうを使えるのをあんまりしゃべっちゃダメって言ってたでしょ。なのに何で今日はよかったの？　ぼく、いっぱいキュアとキュア・ポイズン使っちゃったよ？　キュアとかはマジックミサイルよりもっとひみつにしないといけないんじゃないの？」

「ああ、そのことですか」

僕のお話を聞いて、ルルモアさんはうんうんと頷いてる。

そんな姿を見て、お父さんも独り言のように疑問を口にしたんだ。

「そういえば神官の魔法が使えることは、村の司祭様もなるべく隠すようにって言ってたよなぁ。ってことは今日ルディーンが回復魔法を使いまくったのはちょっと不味《まず》かったのか？　でも、ルルモアさんのその表情からすると、そうでもなさそうだけど」

「ええ、今回に限っては大丈夫だと思いますよ」

そんなお父さんの独り言にルルモアさんはそうお返事をして、理由もその後に説明してくれた。

「実はカールフェルトさんたちが来る前に、この冒険者ギルドから中央神殿や近くの薬局、それに錬金術ギルドへ救援要請を出したのです。流石に冒険者ギルドにある薬の備蓄や、神殿から出向しているカルロッテちゃんだけではどうしようもない状況でしたから。そしてその後にルディーン君がこの冒険者ギルドを訪れて、その惨状を見てすぐに治療を開始したでしょう？　だからきっと冒険者たちはこう思ったはずです。ああ、神殿からの救援なんだなって」

「えっ、でもルディーンですよ？　まだこんな小さな子供だし、そんなルディーンを神殿からの救援だと考えますか？」

ルルモアさんはそう言ったんだけど、それを聞いたお父さんは僕はこんなに小さいのに冒険者さんたちがそんな風に考えるかなぁ？　って聞いたんだ。

そしたらルルモアさんはフフって笑って、だからですよって言ったんだよね。

「ルディーン君がまだ小さいからこそです。これが立派な装備に身を固めた冒険者然とした人だったのなら治癒魔法が使える希少な冒険者だと考えるでしょう。けれど、こんな小さな子がそんな存在だなんて普通は考えません。むしろ、まだこんなに小さいのにもう毒消しの魔法が使えるなんて、なんて将来有望な神官見習いなんだって、みなさん考えたと思いますよ。それにもし中央神殿から来たにしては早過ぎると思った人がいたとしても、きっと街の各地にある小さな神殿から駆けつけてくれたんだろうって考えるんじゃないですか?」

そっか! そう言えばグランリルでも冒険者登録するのは10歳くらいからだもん。

それより小さい僕を見て治癒魔法が使える冒険者が来てくれたって考えるより、神官見習いの子供が来たんだって考える方が自然だよね。

「それにですね。通常の回復量より少ない不完全なキュア程度ならともかく、独学で毒消しの魔法まで使えるようになった冒険者なんてAとかSクラスに所属している人しかいません。だからこそ、ルディーン君を見て冒険者だなんて誰も思わないんですよ。ましてやこの歳でとなると、神殿で修行したとしか考えられませんからね」

「確かに。普通は神官の使う魔法を神殿以外で覚えるのは難しいと言う話でしたからね。言われてみれば納得です」

僕が小さな子供で、そのうえキュア・ポイズンまで使ったということで、余計にみんなが勘違いするんだってさ。

そっかぁ、ならみんなにばれても何の心配も無いね。

「と言うわけなのよ。ルディーン君、解ったかしら？」

「うん。ぼくがまほうをいっぱい使えたから、みんなぼうけんしゃって思わなかったんだね」

こうして僕は、疑問の答えが解って気持ちよく冒険者ギルドを出ることができたんだ。


この後僕たちは『若葉の風亭』に戻って預けてあった馬車を受け取り、そのまま酒屋へ。

そこでお酒やセリアナの実を積み込んでから今度は近くの食料品を扱う商会へ行って塩や砂糖などの調味料、それに村で採れない野菜や果物を買って積み込んでもらったんだ。

と、そこで僕が偶然見つけたのがお砂糖とお塩の値段の差。

この二つは並んで売っていたんだよ。

でもそこについている値札を見ると、どっちも同じ重さなのにその後ろに書かれた値段が全然違っていたんだよね。

「へぇ、おさとうって、おしおよりすごく高いんだね。２０００セントもするって書いてあるよ」

この都市は内陸で海から遠いからお塩を手に入れるのは大変だと思うんだけど、お砂糖はそれよりもずっと高いんだよね。

見た感じ、さらさらとした物じゃなく粒の大きめなザラメのようなお砂糖なんだけど、それでもお塩よりもかなり高くて僕はびっくりしたんだ。

「おっ、そんなところに目が行ったか。ああ、確かに砂糖は高いな。でも村ではみんな結構使うし、買えないほどの金額じゃないから今まで気にしたこともなかったよ」

言われて見れば銀貨20枚程度なら村近くの森にいっぱいいる一角ウサギが持ってる米粒程度の魔石の半分の値段だもん。

いっしょに書いてある単位はよく解んないけどお父さんが買ってる量から考えて、多分1キロくらいでその値段だろうから買うのを悩むほど高くはないんだろうね。

この後も色々なお店へ寄ってはそこで買ったものを馬車に積み込んでもらい、そうして全ての買い物が終了。

僕たちはイーノックカウを後にして、グランリルの村へと向かったんだ。

6 おかしな魔道具

村に帰った次の日。

冒険者ギルドに登録したし、僕はやっとグランリルの村近くの森へと連れて行ってもらえるんだ！　って思ってたんだけど……。

どうやら村の子供が初めて森に入る時は、この村でも特に狩りがうまい大人の人たちがいっしょについて行くことになっているみたい。

その全員の都合が付くまでは森はお預けなんだってさ。

ちょっとがっかりしたけど、決まりなら仕方ないよね。

だから僕は森はあきらめて別のことをしようって思ったんだよ。

でも急に暇になっちゃったもんだから、何をしていいのか解んない。

今までみたいに村近くの草原で狩りをしてもいいんだけど、森に行けると思っていただけにそれではちょっと満足できそうにないんだよなぁ。

というわけで何の目的も無く、村の中をぶらぶらと歩いてたんだけど。

どん！

そしたら急に何かが僕の足にぶつかって、と言うか抱きついてきたんだ。

誰？　って思って後ろを振り返ってみると、そこにいたのは2歳くらいの小さな女の子。

「ルディーンにいちゃ！」

この子は僕の一番上のお姉ちゃんであるヒルダ姉ちゃんの娘で、名前はスティナちゃん。

お姉ちゃんとそっくりな色のまだ短い髪の毛を頭の両端で結んで小さなツインテールにしている、僕とは大の仲良しの女の子だ。

「こらこら、急に走っちゃ危ないでしょ。あらルディーンじゃない。こんにちは」

「こんにちわ、ヒルダ姉ちゃん」

「ルディーンにいちゃ！　スティナ！」

「うん、スティナちゃんも、こんにちわ」

「あい！」

挨拶をするとスティナちゃんは、にぱぁ～っと笑って返事をした後、もう一度僕の足に抱きついてきたんだ。

だから僕はやさしくその手を解《ほど》いてからしゃがんで、目線をスティナちゃんに合わせて頭を撫でてあげる。

そしたらスティナちゃんは目を細めて、キャッキャと嬉しそうに笑ったんだ。

僕はうちでは一番の末っ子で弟も妹もいないから、ヒルダ姉ちゃんがスティナちゃんを産んだ時は妹ができたみたいで本当に嬉しかった。

そんな僕のことをスティナちゃんもルディーンにいちゃって呼んでくれるもんだから、今では本当の妹みたいに思ってるんだよね。

「ヒルダ姉ちゃん、今日はスティナちゃんをつれてどこ行くの？」

「ルディーンたちがイーノックカウから色々な物を持ち帰ったでしょ？　だからお父さんに頼んでおいたものを取りに行くのよ」

ああ、言われてみれば当たり前か。

うちの村で採れないものを手に入れるには定期的に来てくれる行商人から買うか、よその町へ行く人に買ってきて欲しいって頼むしかない。

実際僕とお父さんもそんな近所の人の依頼や村からの依頼でいろんな物を持ち帰ってきたんだから、お姉ちゃんがうちにそれを取りに来るのは当たり前だったね。

「そっか。じゃあぼくもスティナちゃんと遊びたいし、いっしょに行くよ」

「ルディーンにいちゃも？　やった！」

僕がそう言うと、スティナちゃんは両手をあげて喜んでくれた。

可愛いなぁ、こんな姿を見ると、何かしてあげたくなっちゃうよ。

でも僕ができる事はそんなに無いんだよね。

風車の魔道具は前に作ってあげちゃったし。

まぁ家に帰りながら考えればいいか。

そう思った僕はスティナちゃんの手を握って、家に向かったんだ。

「ルディーン、イーノックカウはどうだった？　大きな町でびっくりしたでしょ」

「うん。お家がいっぱいあったし、人もいっぱいいてびっくりしたよ。それにね、ごはんも村では食べられないものがいっぱいだった」

「そうよねぇ。甘いものとかもこの村では食べられないから、私もイーノックカウに行ったら必ず食べてたもの。今はスティナがいるから当分行けないし、この子のためにもお父さんに何か買ってきてくれるよう頼んでおくんだったわ。失敗したぁ」

甘いもの？　そんな物、あったっけ。

そういえばお宿ではご飯を食べたけど、お外ではセリアナの実のジュースを飲んだくらいで他には何も買って食べてないや。

後は冒険者ギルドではジュースとチーズの載ったパンを出してもらったけど、ヒルダ姉ちゃんが言っているような甘いものは結局一度も食べることがなかったんだよね。

そのことに気が付いた僕は、ちょっとがっかり。

イーノックカウへは次にいつ行けるか解んないんだから、食べておくんだったなぁ。

「ルディーンにいちゃ、どちたの？」

「ううん、なんでもないよ」

そんな僕を見て心配になったのか、スティナちゃんがそう聞いて来たんだ。

だからなんでも無いよって笑顔で返してあげた。

そうだよね、がっかりしたお顔をしてたらスティナちゃんも心配しちゃうよね。

そう思って気を取り直した僕は心配させちゃったお詫びに、改めてスティナちゃんに何かしてあげられないかなぁ？　って考えたんだよ。

そして。

「そうだ、あまいもの！」

「っ!?　ルディーン、どうしたの？　急に叫んだりして」

「ふふふっ。ぼく、いいことを思いついたんだ！」

そう、僕はイーノックカウで覚えた錬金術と何度か作ってる魔道具を使えば〝あれ〟が作れるってことに気が付いたんだ。

「いいことって、なにを思いついたの？」

「なに！　なに！」

「ないしょ。あとでおしえてあげるね」

僕はあとのお楽しみだよって言いながら、クスクス。

家に着くとお姉ちゃんとスティナちゃんとは一旦お別れして、いつも魔道具を作っているお部屋へ移動したんだ。

そこには色々な材料と、お父さんやお母さんから貰った動力源になる小さな魔石が置いてあるんだよね。

それを使って僕は目的の物を作る魔道具の製作を開始したんだ。

それから1時間ほどで僕は目的の魔道具を完成させて、それを持って一旦庭へ移動。

実際に動かしてみないと解んないけど、これってカバーとかをつけてないからうちの中で動かすと汚れちゃうかもしれないからね。

でね、それを適当な位置に置いてから、ヒルダ姉ちゃんたちがいるイーノックカウから持ち帰った物が置いてある倉庫へ移動したんだ。

行ってみるとそこにはお母さんもいっしょにいて、スティナちゃんを抱っこしながら色々な物を見せてたんだよね。

それを見た僕は丁度いいやって思ってお母さんにある頼み事をしたんだ。

「ねぇお母さん。おさとう、ちょっともらっていい？」

「砂糖をかい？　別にいいけど、何に使うの？」

「これからね、スティナちゃんにいいものを作ってあげるんだ」

お母さんは僕の返事を聞いてもよく解んないって顔をしたんだけど、それでもお砂糖を袋から少し器に移して渡してくれた。

それを受け取った僕はにんまり。

これであれを作ることができるぞって思ったら、とっても楽しくなってきたんだよね。

「いいもの？　ルディーンにいちゃ、なに？　いいものって」

「ふふふっ、すぐにわかるよ。スティナちゃん、ちょっと来て」

「あい！」

こうして僕とスティナちゃんは二人で移動開始！　とは行かず、当然のようにヒルダ姉ちゃんとお母さんもいっしょについて来たんだよね。

別にそれで困るわけじゃないんだけど、もらえたお砂糖はそんなに多くないからなぁ。

まぁいいか、お母さんやヒルダ姉ちゃんも食べるって言うのならもっと貰えそうだしね。

気を取り直してスティナちゃんと手をつないで庭へ。

そして僕たちはさっき持ってきた魔道具の近くまで行ったんだ。

すると連れて来られた場所に見慣れないものがあったからなのかな？

ヒルダ姉ちゃんがその魔道具を見てちょっとだけ首を捻ると、僕にこうたずねて来たんだ。

「なに、これ？　なんか寸胴鍋《ずんどうなべ》みたいな形をしてるけど、中に変なものが入ってるし。ルディーン、もしかしてこれって何かを作る道具なの？」

「うん。これでね、とってもあまぁ〜いおかしを作るんだよ」

僕が庭に持ち込んだのは浅い寸胴鍋のような物の中に、麦藁帽子《むぎわらぼうし》のてっぺんに穴を開けたような形の蓋がついてる銅製の小さな缶が入ってる魔道具だ。

まぁ魔道具って言ってもこれ全体がそうなんじゃなくて、本当は中に入っている缶のまわりだけが魔道具なんだけどね。

これ、まわりの鍋みたいなところも含めると見た目は結構大きいんだよ。

でも普通の鍋よりかなり薄く作ってあるから意外と軽くって、小さな僕の体でも簡単に持ち運べるんだよね。

この魔道具なんだけど、構造自体は結構簡単。

火の魔石を使って鍋の中にある缶のような物を熱して、その下に設置した回転の魔道具でそれを回すと言うだけのものなんだ。

でね、中央にある缶には小さな穴がいっぱい開けてあって、丸い蓋の真ん中にある穴にお砂糖を入れてあげれば目的の甘いお菓子が出来上がるはずなんだ。

「それじゃあ、うごかすね」

という訳で運転開始。

寸胴鍋部分に取り付けられているスイッチを入れると缶の下の方が赤く光り、そしてかなりのスピードで回りだす。

それを確認した僕は、器に入ったお砂糖をスプーンですくって缶の上に開いている穴にそれを入れたんだよね。

すると缶に開けられた小さな穴から、白いクモの糸のようなものが飛び出し始めたんだ。

「わぁ！　ルディーンにいちゃ、ふわって、ふわってなってゆ！」

「うん、ふわってなってるね」

実際に動かして見るまで本当にできるかちょっとだけ心配だったけど、目の前の寸胴鍋の中に思った通りのお菓子ができてるみたい。

僕はそれを見て、正直ほっとしたんだ。

最初の内はクモの巣が張っているような程度だった寸胴鍋の中は、だんだん薄い綿が漂っているかのようになっていく。

それを見てそろそろかな？　って思った僕は、その中に予め用意しておいた30センチくらいの長さの棒を入れてくるくる。

鍋の中を回しながらそのクモの糸のようなものを棒に絡め取って行くと、その周りには大きな綿の塊のようなものができあがった。

魔道具を使ってスティナちゃんのために作ってあげた甘いお菓子、綿菓子の完成だ。

「わぁ、くもだ！　ルディーンにいちゃがくも、もってゆ」

「まぁ、本当。ねぇルディーン、それは何なの？」

スティナちゃんはできあがったものを見て大興奮。

その様子を見ていたヒルダ姉ちゃんが、僕にこれは何かって聞いてきたんだよね。

僕、それに答えようとしたんだけど……あれ？　綿ってなんて言えばいいんだろう？

綿がどんなものかは前世の記憶にあるから知ってるけど、僕は見たことがないもん。

それにどんな名前かも知らないんだよね。

だからといって綿菓子だよって答えても魔法の呪文と同じで、何でその名前なのかって聞かれたら答えようがない。

というわけで僕はスティナちゃんが言った言葉を、そのまま名前にすることにしたんだ。

「えっとねぇ、くものおかしだよ。ほら、ふわふわして、くもみたいでしょ」

「ええ、確かに雲みたいね」

僕がつけたそのまんまな名前を聞いて、お姉ちゃんは一見納得したみたいにそう返事をしてくれた。

だけど、その表情を見てお姉ちゃんが聞きたかったのは名前じゃなくてこれが何なのかと言う事だったみたい。

それに気が付いた僕は、その答えとして一口分だけその雲からちぎる。

「はい、スティナちゃん。おいしいよ」

そしてスティナちゃんに、はいって差し出したんだ。

そしたら。

パクッ。

スティナちゃんは手で受け取らずに、なんと僕の手からそのまま食べちゃったんだよね。

「あま～い！　ルディーンにいちゃ、もっと！」

「えっ？　ああ、うん、いいよ」

突然の事に僕はびっくりしちゃったんだよ。

でも綿菓子を食べたスティナちゃんがその甘さに驚いて僕に次の一口をねだって来たもんだから、すぐにもう一口分ちぎって差し出す。

するると。

パクッ。

今回もまた、そのまま食べて。

「ん～！」

って言いながらほっぺたを両手で挟んで、とっても嬉しそうな顔をしたんだ。

そして次からは何も言わずに口を開けて待ってるんだもん。

結局作った分の綿菓子が無くなるまで、僕はスティナちゃんに綿菓子を食べさせ続けることになっちゃったんだ。

「なるほどねぇ。この魔道具の、ここの穴に砂糖を入れれば、あの食べる雲が出来るってことなのね」

「そうみたいね」

スティナちゃんの綿菓子供給係りになっている横では、ヒルダ姉ちゃんとお母さんが僕がさっきやって見せた使い方をまねっこ中。

綿菓子改め、雲のお菓子を自分たちで作ろうとしていた。

必要な魔力はさっき僕が流したし、使っている火の魔石はちっちゃいでしょ。

おかげで動かしっぱなしでも熱で壊れる心配がないから、スイッチを入れっぱなしにしてあったんだよね。

お姉ちゃんがお砂糖を蓋に開いてる穴に入れると、途端に寸胴鍋の中に薄い雲ができあがって行く。

「あら、ヒルダが入れてもちゃんと雲みたいになったわ。不思議ねぇ」

「まぁ魔道具なんて基本、不思議なことを起こす道具だから。えっと、確かこれを棒で絡め取ればいいのよね？」

そう言うとヒルダ姉ちゃんは器用に、そう、僕なんかよりよっぽどうまく糸状の飴を木の棒に絡め取って、綺麗な形の雲のお菓子を完成させたんだ。

「あら、意外と簡単にできあがるものなのね」

そんなヒルダ姉ちゃんの姿を見ていたお母さんは、お姉ちゃんが持っているできあがったばかりの雲から一口分むしり取ってパクリ。

「っ!?」

「ああ、ちょっと待って！　そんなペースで食べられたら私の分がなくなっちゃう！」

その一口があまりに美味しかったのか、お母さんはそのまま無言でヒルダ姉ちゃんが持つ雲のお菓子を次々とむしり取っては口に運ぶんだもん。

ヒルダ姉ちゃんも大慌てで、できあがったばかりの少し温かい雲を頬張りだしたんだ。

その後もスティナちゃんがもっともっとって言うもんだから、結局庭に持ってきたお砂糖のほとんどは雲のお菓子になって彼女のお腹の中へ。

とは言ってもこのお菓子になったお砂糖自体は雲のお菓子の見た目ほど多くないから、これだけ食べてもご飯が食べられなくなるほどの量ではないんだけどね。

それに元々スティナちゃんのために作った魔道具なんだから、彼女が喜んでくれたのならそれでよかったんだと思う。

たとえそれを作った僕が、一口も食べられなかったとしてもね。

……いいもん、また今度作るから。


さて、実はこのお話はこれで終わりじゃないんだ。

というのもその日の夕ご飯の時に、このお話をお母さんがレーア姉ちゃんとキャリーナ姉ちゃんに話しちゃったからなんだよね。

スティナちゃんだけじゃなくお母さんやヒルダ姉ちゃんも喜んで食べてたのを見れば解る通り、この村では甘いお菓子なんて滅多に食べられないもん。

だからこの二人にそんな話をしたらどうなるかなんて解りそうなもんなのになぁ。

雲のお菓子のおいしさにすごくびっくりしたのか、お母さんは本当に楽しそうに喋っちゃったんだよね。

「お母さんとルディーンだけ、ずるい！」

「そうよ。甘いおかしを自分たちだけで食べるなんて、ずるい！」

結果、お話を聞いたお姉ちゃんたちは思った通り大騒ぎしだしたんだ。

でもずるいって……僕は食べられなかったんだけど。

それに二人の抗議の声を聞いてて思ったんだけど、僕のなんだから雲のお菓子を作る魔道具はこのおうちにあるでしょ？

食べたいなら自分で作ればいいんじゃないかなぁ？

僕はそう思ってたんだけど、どうやらそう単純な話ではないみたいなんだよね。

だってお母さんがお姉ちゃんたちの抗議を聞いて、苦笑いしながらこんなことを言ったんだもん。

「ごめんごめん。でも、砂糖は高いからそんなに買って来てもらってないのよ。次誰かが町に行く時は多めに仕入れて来てもらうから、二人の分はまたその時に、ね」

「「えぇ〜！」」

お砂糖自体は結構な量をイーノックカウで買ってきたけど、それはあくまで村全体で必要な分だからうちの取り分はそれほど多くないんだって。

そりゃあ買ってきたばかりだから結構な量のお砂糖があるにはあるんだよ。けど、次にいつイーノックカウに行くか解らないんだからなるべく節約しておかないと後で困ることになるんだってさ。

そんなお母さんの言い分を聞いてしばらくの間お姉ちゃんたち二人はまだ文句を言いたそうだったけど、最後には折れてくれたみたい。

ちょっと拗《す》ねたような顔をしながらも、この話題はここで終わったんだ。

でも次の日。

「ルディーンにいちゃ！　くもつくって！」

スティナちゃんが僕たちの家へと雲のお菓子を求めてやってきたんだ。

でも、これにはみんな困ってしまったんだよね。

僕としてはスティナちゃんが遊びに来てくれたんだし、可愛い妹のお願いなんだからお兄ちゃんとしてはできることなら叶えてあげたい。

でも昨日のお母さんの話を聞いているから、簡単に頷いてあげるわけにはいかないんだ。

そしてお母さんも自分の子供より遥かに可愛がっている孫のおねだりだもん。

できることなら叶えてあげたいって思ってるっぽいんだけど、ここでいいよなんて言ったらきっと明日からも毎日来るようになるでしょ。

そう簡単に許すわけにも行かないみたいなんだよね。

「ねえにいちゃ、つくって！　ねぇ～！」

頼んでもなかなかお菓子を作ってくれないからなのか、スティナちゃんは僕の袖を引っ張ってゆらゆら揺れながらお願いを繰り返してくる。

そんな姿を見て困った僕はお母さんに助けてもらおうとそっちを見たんだよ。

でもお母さんはお母さんで、何かを言ってスティナちゃんに嫌われたくないからと目を逸らすんだもん。

もう！　お母さんは大人なんだから、何とかしてよ！

そう思ってなんとかお母さんに助けてもらおうとしたんだけど、全然こっちの方を向いてくれないんだよね。

だから僕は途方にくれ始めたんだけど、そんな時、家の外から強力な助っ人が現れたんだ。

「ダメよ、スティナ。ルディーンが困ってるでしょ」

ヒルダ姉ちゃんだ。

お姉ちゃんも自分の家でご飯を作っているんだからお砂糖がどれだけ大事か解ってるみたい。

スティナちゃんにお菓子をあきらめるように言い聞かせようとしてくれたんだよね。

その様子を見て僕とお母さんは一安心。

ヒルダ姉ちゃんはスティナちゃんのお母さんなんだから、きっと説得してくれると思ったんだ。

ところが。

「ぐすっ。ルディーンにいちゃならつくってくれるもん！　きのうもつくってくれたもん！　うう、うわぁ～ん」

ヒルダ姉ちゃんの登場で、もしかしたらお菓子を食べられないのかもしれないって思ったスティナちゃんのお目目から大粒の涙が。

大声で泣き出してしまったんだ。

これにはみんな大弱り。

小さいスティナちゃんにとって、我慢するというのはまだ難しかったみたいなんだよね。

そしてお母さんが、そんなスティナちゃんの姿に耐えられるはずもなく。

「仕方がないわね。ルディーン。砂糖を台所から持ってきて、スティナちゃんに作って上げなさい」

あっと言う間に陥落して、僕にお菓子を作るように言ってきたんだ。

でも、そんなお母さんをヒルダ姉ちゃんが制止する。

「だめよ、お母さん。今日はいいけど明日からはどうするつもり？　後で砂糖が足りなくなって困ってしまうことになるわよ」

「でも可哀想じゃない、こんなに泣いてるし。ヒルダ、あなたはこんなに泣いてるスティナちゃんを放っておける？」

「うわぁ〜ん！」

泣き続けるスティナちゃんと、どうしていいのか解らずに固まってしまったお母さんとお姉ちゃん。

う〜ん、どうしよう？

お菓子さえ作ってあげれば、スティナちゃんの機嫌なんてあっと言う間になおると僕も思うんだよ。

でも明日からまた同じことの繰り返しになっちゃうのは目に見えてるしなぁ。

う〜ん、要はお砂糖がないのが一番の問題なんだよね。

僕のレベルが7レベル以上になってからイーノックカウに行ってたらよかったのに。

そしたら帰還型転移魔法ジャンプを使って、イーノックカウとグランリルの村を往復できたんだけど。

ジャンプというのは、ドラゴン&マジック・オンラインにあった転移魔法の一種。

魔石を使って作る魔法陣で目印を設置しておけば、街なんかの安全な場所に一瞬で帰ることができる魔法なんだ。

これはね、使えるようになる7レベルの時点で3箇所。

それから10レベル毎に1箇所ずつ魔法陣の最大設置可能数が増えて行くんだ。

だからレベル限界が30の僕の場合、27レベルになれば最大数である5箇所まで設置できるようになるってことね。

ちなみにこの上位魔法には戦闘中でも使える上に一度でも行ったことがあるフィールドならその入り口まで飛べるようになるテレポート。

それにテレポートと同じ条件でパーティー全員が移動できるゲートっていう魔法もある。

ただテレポートは24レベルにならないと使えないし、ゲートにいたっては34レベルの魔法だから僕には覚えることは絶対できないんだけどね。

何より、そのレベルになったからと言ってもこの世界で使えるとは限らないんだよなぁ。

だって錬金術ギルドでロルフさんが転移魔法は失われたって言ってたもん。


と、現実逃避気味に今の状況とはまるで関係ないことを考えていた僕は、頭の隅っこに何か引っかかりを覚えたんだ。

だからそれは何なのかなぁって思って、さっきまで考えていたことを思い出す。

何に引っかかったんだろう?

ジャンプ？　テレポート？　う～ん、違うなぁ。

その二つが違うのならゲートも違うだろうし……なら使えるようになるレベル？

っ！　そうだよ、レベルだ！

今の僕、もう3レベルになってるのを忘れてた。

そこで慌ててステータスを開き、あるページを確認する。

そしたら案の定、条件が解放されてそこにあった文字が灰色から白に変わってたんだ。

よし、これならなんとかなるかも。

そう思った僕は固まっているお母さんたちを無視して、泣いてるスティナちゃんに声を掛けたんだ。

「スティナちゃん、ちょっとまっててね。くものおかし、作れるかもしれないから」

「ぐすっ、ほんと？」

「うん、たぶんだいじょうぶ」

あの魔法が使えるなら、きっとなんとかなると思うよ。

だってあれはそう言う設定の魔法なんだから。

「ちょっとルディーン。簡単にそんな約束しちゃって、砂糖はどうするの！」

それを聞いて安請け合いだって思ったのか、ヒルダ姉ちゃんがそう怒ってきたんだよ。

でも僕、自信があるんだよね。

「だいじょうぶだよ、ヒルダ姉ちゃん。無いなら作ればいいんだから」

そう言って魔道具を作るお部屋へ走ったんだ。

そこで僕が手に取ったのは米粒程度の魔石。

これを使えばお砂糖だって作り出すことができるはずなんだよね。

なぜなら僕が3レベルになって使えるようになった魔法は、創造魔法《調味料》なんだから。

ドラゴン&マジック・オンラインにはゲーム内では使えなかった、設定だけの魔法があったんだよ。

そしてその魔法、この世界では実際に使えて僕も何個かお世話になってるんだよね。

そんな設定魔法の中には1レベルから使えるけど最初は簡単なことしかできなくて、レベルが上がって行くことで徐々にやれることが増えて行くものもあるんだ。

その中でも僕が今回使おうと思っているのが、魔石を使う事で色々な物を生み出すことができる魔法、創造魔法なんだよね。

ステータス画面にあるこの魔法を指定するとサブ画面が開くんだけど、そこを見れば今の自分がどんなものなら作れるかが大体解るようになってるんだ。

でね、今の僕では魔石から料理を作り出すことはできないけど、調味料であるお砂糖やお塩なら作れるってわけ。


無事魔石を手に入れた僕は、みんながいる元の部屋へと帰る。

これは別に魔道具を作る部屋でお砂糖を作っても良かったんだけど、なんとなく食べ物だったら台所で作った方がいいかな？　って思ったからなんだ。

台所を使うのなら、やっぱりお母さんに言わないといけないからね。

こうしてみんなの所に戻った僕は、お母さんに聞いたんだよ。

「お母さん、魔法でお砂糖を作るから台所を使っていい？」

そしたら返って来たのは、いいか悪いかの返事じゃなく質問だった。

「へっ、砂糖って魔法で作れるものなの？」

「うん、作れるよ。もしかしたら買うよりもっといっぱい、お金がかかっちゃうかもしれないけど」

そんな僕の言葉を聞いたお母さんはびっくりした顔をしてたけど、できるのならいいよって言ってくれたんだ。

作っていいのなら、もう何の心配も無いよね。

というわけでみんなで台所に移動。

どれくらいできるか解んないからうちにある一番大きな器を出してもらって、その中に米粒くらいの魔石を入れて魔法の準備は完了だ。

「それじゃあ、行くよ」

創造魔法とかクリエイト魔法は攻撃魔法や治癒魔法と違って呪文がない。

だから周りのみんなの視線を感じながら僕は頭の中でお砂糖をイメージして、魔石に向かって創造魔法を発動する。

そしたら器の中の魔石が光りだし、そしてだんだんと強くなって行ったんだよ。

そんな強くなっていった光も、少し時間が経つと逆にだんだんと弱まって行くようになって、やがて完全に消えちゃったんだ。

それを見て完成したって思った僕が器の中を確認すると、そこにはイーノックカウから買ってきたのと同じ、ザラメのようなお砂糖ができあがってた。

「やった、できた！」

「できたぁ！」

ある程度の自信はあったけど、やっぱりやってみないことには本当にできるかどうか不安だったもん。

実際に目の前にお砂糖があるのを見ると、すっごく嬉しくなってその場でバンザイ！

そしてできあがったお砂糖を見たスティナちゃんも、僕と同じ様に両手をあげて喜んでくれたんだ。

ところが、そんな僕たちと違ってお母さんとヒルダ姉ちゃんはなにやらぽかんとした様子。

何でだろう？　ちゃんと作れたのになぁ。

そう思った僕はもう一度できあがったお砂糖を見てみる。

そして気が付いたんだ。

「あっ、そっか。ませきを使ったのに、おさとうがあんまりできなかったから、がっかりしちゃったんだね」

見た感じ、できあがった砂糖の量は1キロよりもちょっと多いくらいかな？

米粒くらいの魔石は確か銀貨40枚くらいで売れたはずで、お砂糖の値段は1キロで銀貨20枚のはずだもん。

街で買う倍の値段になっちゃったってことか。

そりゃお母さんもヒルダ姉ちゃんも高すぎるお砂糖を見て、こんな風になるのも仕方ないよね。

でも普段なら怒られちゃうかも知れないけど、こうやってお砂糖を作らないとスティナちゃんに雲のお菓子を作ってあげられなかったんだもん。

だからお母さんたちも今回だけは許してくれるよね？

そう思ってたんだけど、ところがお母さんたちが物凄い顔をして僕の方を見たもんだからびっくり。

「ごめんなさい！」

そんなお母さんたちを見て怒られるって思った僕は、大慌てで謝ったんだよ。

でもね、お母さんとヒルダ姉ちゃんは別に怒っていたわけじゃなかったんだ。

「何を謝ってるの？　いや、それ以前にこれって！」

「そうよ！　ちょっと、ルディーン。もしかしてこの砂糖、さっきくらいの魔石が一個あれば、毎回作り出すことができたりするの？」

お母さんもヒルダ姉ちゃんもすごい剣幕でそう言い寄ってきたもんだから、僕はびっくりしちゃったんだ。

だって、どうして二人がこんなになったのか、解んないんだもん。

そしてびっくりしたのは僕だけじゃなくて、
ビクッ！

「ううっ、うわぁ～ん！」

僕の横にいたスティナちゃんもお母さんたちのこの様子にびっくりして、泣き出しちゃったんだ。

これにはお母さんもヒルダ姉ちゃんも大慌て。

それに僕も泣き出したスティナちゃんを見て、おろおろすることしかできなかったんだ。


結果、このスティナちゃんの行動のおかげで冷静になったのか、彼女が泣き止んだ後にお母さんはもう一度静かな口調で僕に聞いてきたんだよね。

「ルディーン。さっきの魔法、一角ウサギの魔石ひとつであれだけの砂糖を作ることができたみたいだけど、あれは何度もできるの？」

「うん、できるよ。だってそういうまほうだもん」

内容自体はさっき聞かれたのと同じだったからすぐにそう答えたんだよ。

でもその答えを聞いたお母さんとヒルダ姉ちゃんの驚きと喜びが入り混じったような様子を見て、僕は何がどうなってるのか解んなかったんだ。

だって普通に町で買うより二倍くらいの値段がするんだよ、このお砂糖。

なのに何で？　って思ったからね。

だから僕はお母さんに聞いてみたんだけど。

「何を言ってるの？　あんな小さな魔石が1キロ以上の砂糖になったのよ。喜ばないわけないじゃない」

「へっ？　でもおさとうって1キロで2000セントくらいなんでしょ？」

僕が街で見た値段は確かそれくらいだったと思うんだけど、それを聞いたヒルダ姉ちゃんは呆れ顔でこう言ったんだ。

「何を言ってるのよ、ルディーン。砂糖は1キロで20000セント、金貨2枚よ。ん？　ああ、そうか。ルディーンは単位の読み方が解らなくて100グラムを1キロと間違えたのね」

「ええっ!?」

じゃあもしかして、この魔法でお砂糖にすると普通に買うよりも5倍も安くお砂糖が手に入るってことなの？

それを知った僕はあまりのことにびっくりして、言葉も出なくなったんだ。

そんな僕の横で大喜びするお母さんとヒルダ姉ちゃん。

そしてそんな二人の喜んでいる様子を見たスティナちゃんも、よく解んないけど嬉しいことがあったんだって思ったのか両手をあげて笑ってたんだ。

ちなみに後日、村の司祭様に聞いて解ったんだけどね。

僕たちが知らなかっただけで、どうやら街で売っているお砂糖は普通にこの魔法で作ってるんだって。

それを聞いたお母さんは5倍の値段で売ってるなんて！　って怒ったんだよ。

でもね。

「ギルドで魔石を売った時の値段で考えるからそうなるのです。一角ウサギの魔石を買うとして、仕入れたギルドも利益を得なければならないのは解りますね。そして仕入れたもの全てがすぐに売れるわけではないので、その時の需要によりますが少なくとも倍、仕入れ数が少なかった時などはそれ以上の値で売らなければなりません。そしてそれを買った魔法使いや神殿が魔法で砂糖を創造し、更にそれを商人が仕入れた物が市場に並ぶのですから、それくらいの値段になるのも頷けると言うものでしょう」

そう教えてもらったもんだから素直に納得しちゃったんだ。

そっか、この魔法を使った人やそれを売っている商人さんたちも働いた分だけお金を貰わなきゃいけないもん。

だから今のお砂糖の値段になってるんだね。

お砂糖を初めて魔法で作った日から3日。

僕は未だに森に行くことができないでいた。

何でも、メンバーの一人が近くの村まで買出しに行って帰って来ないらしいんだよね。

とはいっても別に何か問題が起こってるってわけじゃないよ。

その村はそれほど遠いとこにあるわけじゃないんだけど、うちの村よりも低いとこにあるんだって。

行きは下りで楽だけど、帰りは上り道になっちゃうでしょ。

それに運んでくるものがとっても重いから、何度も馬を休ませないとダメなんだって。

だから途中の村で一泊してから帰ってくるそうなんだよ。

その人が村を出てったのは、僕たちが帰って来た次の日みたい。

今日の夕方には帰って来るそうだから、多分明日には森に行けると思うよってお父さんが言ってたんだよね。

「お母さん。それでその、とってもおもいものって何？」

「牛乳よ。あれはお酒と違って木の樽に入れて持ってくるとすぐに悪くなってしまうの。だから町で買った密封できる丈夫な金属製の入れ物に入れて運ばないといけないのよ。だけど、その入れ物は樽と違って量が入らないから数が多くてね。おかげで運んでくる馬車がどうしても大型のものになってしまうの。それに馬車そのものも、わざわざ帝都から取り寄せた氷の魔石を使って作られた物を冷やすことができる特別製の魔道馬車だから、それ自体も普通のものより重くてね。そのせいでいつも時間が掛かってしまうのよ」

そっか、牛乳かぁ。

うちの村じゃ取れないもんなぁ。

僕たちが住んでいるグランリルの村には、ほとんど牛がいない。

なんでかっていうと、近くの森に魔物が出るほど強い魔力溜まりがあるからなんだ。

この森には他のところより比較的強めの魔物が多くいるんだけど、近くにいる動物はみんな小型のものばかりだからなんとかなっているという部分もあるんだって。

お父さんたちが言うには、この森にある魔力溜まりの魔力特性は巨大化と骨強化。

普通なら豚くらいの大きさのはずの猪が、魔物であるブラックボアになると小牛くらいになっちゃうんだもん。

もし村で飼っている牛が逃げ出して森で魔物になっちゃったら、どれだけ大きくなるか解んないよね。

それにそこまで大きくならなかったとしても、その時はもう一つの属性である骨強化が強く出るってことでしょ？

突進力があって強力な角を持つ魔物が生まれるってことだし、何より直線的な攻撃しかしない猪と違ってある程度小回りが利く牛が魔物になったりしたら大変だ。

だから万が一にもそんな事故が起きないように、この村にはしっかりと管理がされた上で飼われている開墾用の牛が数頭いるだけなんだよ。

というわけで毎日使う牛乳を買うために、二週間に一度は誰かが近くの村まで買いに行かなきゃならないんだよね。

それが運悪くいつもお父さんたちといっしょに狩りに行ってる人の順番だったおかげで僕がお預

けを食ってるってわけなんだ。

　こんな理由で森行きは遅れてるわけだけど、じゃあ僕が村に帰って来たばかりの時のようにやることがなくて困っているかと言えばそうでもないんだよね。

「ルディーン。友達が来たから、雲作ってよ」

「いいけど、おさとうは？」

「持ってきてるそうだから大丈夫」

　僕が朝のお手伝いを終えてお家《うち》にいると、友達が食べたいって言ってるから魔道具を動かしてってレーア姉ちゃんが頼みに来た。

　こんな風に初めて作った日から今日まで、僕はなんども雲のお菓子を作らされてるんだよね。

と言うのも、あの魔道具は僕かキャリーナ姉ちゃんが居ないと動かないからなんだ。

　雲のお菓子を作る魔道具はスティナちゃんに食べさせてあげるんだって急に思いついて作ったでしょ。

　だから魔石を使う場所にそのまま設置した、かなり単純な構造なんだよね。

　普通は誰でも使えるように回路図を使って魔石に魔力を補充するための魔道リキッドを入れるところを作るんだよ。

　でも手間がかかるから当然作ってないし、取り付けてある所も魔石を魔道リキッドに浸せるようには作ってはいない。

　だから動かすたびに魔法を使える人が自分で魔力を注がないといけないんだ。

うちで魔力を注入できるのは僕とキャリーナ姉ちゃんだけだもん。

それに作ったのは僕なんだからってお母さんやヒルダ姉ちゃん、それにレーア姉ちゃんが毎日作ってって僕に頼みに来るように。

最後にはキャリーナ姉ちゃんまでついでに作ってって言い出したもんだから、この3日間は結構な頻度で魔道具を動かすことになったってわけ。

おまけに雲のお菓子を木の棒に巻き付けるのも結構難しいみたいなんだよね。

ヒルダ姉ちゃん以外は僕がやった方が見た目がいいからって、結局雲のお菓子を作るところまでやらされてるんだ。

やっぱり誰でも作れるように、魔道リキッドで動くのも作ろうかなぁ。

そんなことを考えてると。

「ルディーンにいちゃ！　くもつくって！」

初めて作った日から皆勤賞のスティナちゃんが登場。

う〜ん、魔道リキッドで動かせて誰でも作れるようになったら、スティナちゃんの分はヒルダ姉ちゃんが作るようになるよね。

そうなるとお兄ちゃんらしいことができなくなっちゃうなぁ。

何か別のことができるようになるまで、やっぱりこのままでいいか。

という訳で魔石に魔力を注入。

魔石に入るだけ全部の魔力を注いだら結構な数の雲のお菓子が作れるんだよ。

でも今日はレーア姉ちゃんとそのお友達の二人、後はスティナちゃんの分だけだもん。

そこまでの魔力は要らないだろうと思って、少しだけ魔石に注ぐとスイッチオン！

中央の缶が回りだしてその下が赤く光ったのを確認した僕は、早速お砂糖を入れたんだ。

「わぁ、本当に雲みたいなのが出てきてる」

「ねっ、すごいでしょ。これ、食べるとすっと溶けて、とっても甘いんだから」

「楽しみ！」

するとすぐに雲のようなものが寸胴鍋の中に出来上がっていって、それを見たレーア姉ちゃんとそのお友達が大興奮。

そしてお砂糖の雲がある程度たまったところで僕は木の棒にそれを絡め取って行く。

「はい、できたよ」

「わぁ！　ありがとう、ルディーン君」

入れた分のお砂糖を全部絡め取ると、結構大きな塊になったんだよね。

その雲のお菓子をレーア姉ちゃんのお友達に差し出すと、嬉しそうなお顔で受け取りながら僕にありがとうって言ってくれたんだ。

「ルディーンにいちゃ！　スティナの、スティナのわ!?」

そしてそれを見たスティナちゃんが、自分の分はまだかかって怒ってきたもんだから、僕は大慌てでお返事。

「だいじょうぶだよ、すぐ作れるもん。レーア姉ちゃん、スティナちゃんの分を先に作っていい？」

「ええ、いいわよ」

「ありがとう。じゃあスティナちゃんの分、作るね」

「あい！」

こうして僕は、続けて二つ目を作り始めようとしたんだけど。

「おっ、ルディーン。それが噂の雲のお菓子か？」

「へぇ、これがあの」

そこに一番上のお兄ちゃんであるディック兄ちゃんが登場。

おまけにその横には、お兄ちゃんとパーティーを組んでいる近所のお兄ちゃん、お姉ちゃんたちが居たんだよね。

で、ディック兄ちゃんに続いてパーティーを組んでいる内の一人であるお姉さんがそんなことを言ったもんだから、レーア姉ちゃんの目が途端に細くなる。

「噂って、これのことはうちとヒルダ姉さんの家の人くらいしかまだ知らないはずでしょ。それともお兄ちゃんが話して回ってるのかな？」

「いや、そんなことは……」

「その割には、パーティーの女性陣は知ってる風だったけど？」

あの感じからすると多分パーティー内でディック兄ちゃんが話しちゃったんだろうね。

でもこのお菓子を作ろうと思うとお砂糖も使うし、なにより僕が魔力を注入しないとダメだからなぁ。

あんまり多くの人が頼みに来るようになったら、困っちゃうんだよね。

だからレーア姉ちゃんはディック兄ちゃんに言ってくれたんだと思う。

あんまりみんなに教えないでねって。

「大方女の子たちにいい恰好したくて、ルディーンのお菓子のこと話したんでしょ」

「そっそう言うお前だって、友達を連れてきて自慢してるじゃないか！」

……えっと、僕のことを考えて言ってくれてるんだよね？

いつの間にか兄弟喧嘩みたいになってるんだけど。

「ルディーンにいちゃ……」

「あっうん、だいじょうぶ。お兄ちゃんもお姉ちゃんも本気でけんかしてるわけじゃないと思うから」

そんな二人を見て怖くなったのか、スティナちゃんが僕の服の裾を引っ張って来たもんだから、そう言って安心させてあげようとしたんだ。

大丈夫、何にも怖いことなんかないよって笑いながらね。

「くものおかしわ？」

……どうやら違ったみたい。

スティナちゃんはお兄ちゃんたちの喧嘩にはまったく興味がないみたい。

そんなことより、早くお菓子を作ってって言いたかっただけみたいなんだよね。

というわけで、喧嘩してる二人を放って置いて雲のお菓子作り再開。

さくっとスティナちゃんの分を作り上げると、今度はディック兄ちゃんのお友達？　の女の人たちが僕に話しかけてきたんだ。

「ねぇルディーン君。私たちにもそれ、作ってくれない？　使った分の砂糖は後でちゃんと持ってくるからさ」

「いいけど、お兄ちゃんたちは放っておいていいの？」

「いいんじゃない？　ただの兄弟喧嘩みたいだし」

どうやらお兄ちゃんより初めて見るお菓子の方に興味があるらしくって、そんなことよりお願いねって言われちゃった。

かわいそうなお兄ちゃん。

この後、ディック兄ちゃんの男のお友達の分も作ってあげたり、途中でそれに気が付いたレーア姉ちゃんが、

「ちょっとルディーン、次は私の分を作るはずでしょ」

と言い出したもんだから慌てて作ったりしたんだ。

そしてそんな風にみんなでわいわいしていたら、当然家の中にいるお母さんやキャリーナ姉ちゃんも何事かと思うよね。

結果僕は魔石に魔力をもう一度注いで、みんなの分の雲のお菓子も作ることになっちゃったんだ。

そしてその夜。

「こんなのでも、つくんだ……」
明日は多分森に連れて行ってもらえるだろうって思った僕が、今の状態を確認する為にステータス画面を開くと。

一般職　：魔道具職人《12／50》　錬金術師《4／50》　料理人《2／50》

この3日間、言われるがままみんなの雲のお菓子を作り続けたからなのか、一般職の所に新しく料理人が追加されてたんだ。

7 魔物たちの住む森へ

次の日の朝、僕はいつもよりちょっとだけ早くに目が覚めてしまった。

今日は初めて森に連れて行ってもらえるんだって思うと、居ても立ってもいられなかったんだよね。

でも残念ながら外はまだ暗い。

今お部屋から抜け出したりしたらみんなを起こしちゃうだろうしって思った僕は、もう少しの間ベッドの中で時間をつぶすことに。

「う～ん、もうちょっと明るくなってたらライトのれんしゅうだけでもできたんだけどなぁ」

僕が寝てるお部屋にはお兄ちゃんたち二人も寝てるから、こんな暗い中でライトの魔法を使ったらきっと起こしちゃうもん。

だから今は時間が経つのを待つしかなかったんだ。

そうしてベッドの中で過ごすこと、30分ほど。

空もかなり明るくなってきて鳥も鳴きだしたから、そろそろいいかな?

そう思った僕は、もぞもぞとベッドから抜け出して静かにお部屋の外へ。

まだ誰も居ないリビングを抜けると、そのまま扉を開けて外に出たんだ。

お外は雲一つ無いとまでは言わないけど青空が広がるいい天気で、絶好の探索日和。

そんな空を見て、僕はホッとしたんだ。

だって小雨程度なら降ってたとしても、多分お父さんは森に行くのをやめるなんて言い出さないと思うけど、初めて行くのならやっぱり晴れた日のほうがいいもんね。

そんな天気に気分を良くした僕は、日課である魔法の練習を始める。

最初のころは魔力消費3のライトだけでもMPが空になるまでにはそれ程かからなかったけど、今はそれだけだとかなり時間がかかっちゃうでしょ。

だから庭にある適当な石にプロテクションとマジックプロテクションをかけて、それをディスペルマジックで解除するのを繰り返してるんだ。

そうするとプロテクションとマジックプロテクションの魔力消費はどっちも4でディスペルマジックは5だから全部唱えると一気に13も減るもん。

これを12回繰り返すと使ったMPは156。

それを唱え終わるころには時間経過でMPが少しだけ回復してるから、最後にライトを2回使って朝の魔法の練習は終了。

これを僕はジョブがまだ無かったころと同じように、毎日3回やってるんだ。

ここまでやって僕はあることに気が付いた。

「そう言えば今日は森につれてってもらうのに、MPを使いきっちゃダメじゃないか！」

そうだよ。

森に行ったらMPを使うことになるんだから、いつもみたいに全部使い切っちゃうと森で使う魔力がなくなっちゃう。

それに気が付いた僕はMPを回復させるために慌ててその場に座り、目を閉じたんだ。

早起きしてて良かった。

多分イーノックカウの時と同じで森へは歩いて行くだろうから、もしいつもの時間に起きてこんな失敗してたら魔力を回復する時間が無かったもんね。

こうして僕はみんなが起きてくるまでの少しの間、ずっとこの姿勢でMPを回復することになっちゃったんだ。

みんなが起きて来てからは、いつものように朝のお手伝い。

僕はキャリーナ姉ちゃんと二人で魔道具をガラガラと押して草刈りをしたり、刈った草を集めて燃やしたりしてからリビングに家族みんなでそろって朝食だ。

そしてその席で僕は、お父さんから念願の報告を受ける。

「ルディーン、喜べ。クラウスが昨日の夜帰って来たから、今日はやっと念願の森へ連れて行ってやれるぞ」

「ホント？　やったぁ！」

牛乳の買い付けをしに行ってたクラウスさんが帰って来たから、やっと森に連れて行ってくれることになったそうなんだ。

因みにクラウスさんというのは、お父さんといつもパーティーを組んでいる人。

この二人にお母さんとクラウスさんの奥さんであるエリサさんを含めた四人がグランリルの村で一番狩りのうまいパーティーなんだって。

でね、クラウスさんはそのパーティーのリーダーでもあるらしいんだよね。

ただお母さんたち女性陣二人は家事のお仕事があるから、毎回一緒に狩りに行くわけには行かないでしょ。

お父さんたちはそんな時、他の人たちと組んで狩りに行くことが多いそうなんだ。

でも今日は僕の初めての森での狩りだもん。

だから本来のメンバーがそろうのを待ってたってわけ。

「おう。朝食を取ったら早速準備だ。森に入るんだから、しっかりと準備をしないとな」

「うん！」

いつもの草原と違って森に入るんだからと、僕はイーノックカウで買った防具を身に着けてショートソードの柄《つか》の革が緩んでたりしないかをしっかりと確かめる。

その間にお父さんとお母さんは手早く装備を整えて、持っていくものをカバンに詰めていった。

「ルディーンが怪我したら困るから、ポーションは余分に持っていった方がいいわよね？　あっ、そう言えばあの子は魔法を使えるんだから魔力を回復させるマナポーションも必要だったわ。でも、うちには無いし……。司祭様、持ってないかしら？」

「シーラ、そこまで心配する必要はないだろう。俺たちがいるんだからルディーンが怪我をする心配はそうそう無いだろうし、何よりルディーンにとって初めての森だぞ。魔法の使いすぎで魔力が枯渇するほど森に長居をするはずないいんだから」

「そっ、そうね。でも心配だわ、ルディーンはまだ8歳なのに。やっぱりちょっと早くないかしら？」

「だからそれはちゃんと話し合っただろう。それにルディーンはイーノックカウの森で遭遇したジャイアントラットを一人で倒してるんだからな。そこまで心配しなくても大丈夫だ」

「だといいんだけど」

その間になんかお母さんがまた僕が森に行くのは早すぎるって言い出したそうなんだけど、お父さんが説得してなんとか納得してくれたみたい。

イーノックカウからの帰り道で聞いたんだけど、ジャイアントラットって体が大きいだけあって、一角ウサギとかよりも強いんだって。

そのジャイアントラットを僕は一人で倒せたんだから大丈夫だよって言われて、お母さんもちょっとだけ安心したんじゃないかな。

こうして僕たち三人は全ての準備を整えて、集合場所である村の入り口に向かったんだ。

するとそこにはすでに男女二人組が、馬車と共に待っていた。

「おお、ルディーン君。ちょっと見ないうちに大きくなったなぁ」

「ルディーン君、今日はよろしくね」

「うん！　クラウスさん、エリサさん。今日はおねがいします」

二人が挨拶してきたので、僕は右手をシュタッと上げてご挨拶。

初めての本格的な森での魔物狩りだもん。

僕は完全に足手まといできっと迷惑をかけちゃうと思うから、こういうご挨拶はちゃんとしておかないとね。

「二人とも、今日は頼む」

「ルディーンは見ての通り、まだこんなに小さいから色々と迷惑をかけると思うけど、よろしくお願いしますね」

続いてお父さんとお母さんがクラウスさんたちにそう言って挨拶をした後、僕たちは馬車に乗り込んだんだ。


「ねぇお母さん、森にはいつも馬車で行くの？」

移動中、僕は気になってお母さんにそう聞いたんだ。

だって僕は森まで歩いて向かうものとばかり思っていたし、何より馬車では森に入れないもん。

それにここはイーノックカウのように森の前にギルドの天幕なんてあるわけないから、預かってもらえるところも無いはずだしね。

「いいえ、普通は徒歩で行くのよ。馬車で運ばないといけないほど多くの獲物が取れることはほとんどないからね」

「じゃあどうして今日は馬車なの？」

聞いてみるとやっぱり普段は馬車では行かないらしい。

ではなぜ今日は馬車なのかと聞いてみたところ、こんな答えが返ってきたんだ。

「それはルディーンが初めて森に入るからよ」

お母さんが言うには、初めて森に入る子はみんな緊張で必要以上に体に力が入ってしまうから物凄く疲れちゃうんだって。

だから馬車で来ないと帰りは狩った獲物のほかにその子をおぶって帰らないといけなくなるでしょ。

そうならないように初めて森に入る子が居る場合は毎回馬車で行くんだってさ。

「だからね、これはルディーンがまだ小さいからじゃないの。村で決まっていることだから何も心配しなくてもいいのよ」

普段とは違って馬車で森へと行くと聞いた僕が自分がまだ小さいから特別扱いされたんじゃないかって思っているとお母さんは考えたのかな？

優しい笑顔でそう教えてくれたんだ。

そっか、森は村から結構離れてるもん。

帰りは狩った獲物とかを持って帰らないといけないのに、その上子供一人をいっしょに村まで運ばないといけないのは大変だよね。

だからそういう規則ができてても不思議じゃないよなぁ。

あっ、でも。

「森についたら馬車はどうするの？　あずける人なんていないんでしょ？」

「それは着けば解るわよ。ルディーンが心配しなくても、馬車も馬も大丈夫だから安心して」

そんな会話をしながら馬車に揺られる事1時間ほど。

こうして僕たちは魔物たちが住むという森の入り口にたどり着いたんだ。

「さて、着いたぞ。それじゃあ各自、準備を始めてくれ。俺は馬車を停めてくるから」

御者台に居たクラウスさんがそう声を掛けてくれたので、僕たちは早速馬車を降りてバックパックを背負ったり武器を腰に帯びたりして準備を進める。

そんな中、僕はクラウスさんの様子を見てたんだ。

すると彼は森の入り口そばにある柵で囲まれた場所に馬車を入れて、馬を馬車から外してからつないだんだよ。

でね、囲われたところの一角にある金属でできた壺のようなものに何かを入れてから、その下のスイッチを入れたんだ。

そしたらさ、柵の中がほわぁって光りだしたんだよね。

「ほらルディーン、見てごらん。あれが馬車で森に来ても大丈夫な理由よ」

その光は僕がよく知っているもの、魔力の光だった。

ってことはあの壺は魔道具で、入れてたのは魔道リキッドかな？

見た感じ、発動してるのは多分プロテクション系の魔法だと思う。

でもクラウスさんが普通にその光を素通りしたところを見ると、何かを物理的に防ぐ魔法じゃないみたいなんだよなぁ。

「ねぇお母さん、あれは何の魔道具なの？」

「えっ？　ああそうか、ルディーンは自分で作れるからあれが魔道具だって解っちゃったのね。あれはねぇ、魔物を遠ざける魔道具よ。ダンジョンや魔物が居る遺跡に何日も潜らないといけない時、休める場所がないと困っちゃうでしょ？　その場所を作り出すための魔道具なのよ」

お母さんが言うには、ダンジョンや遺跡で魔物が居ない部屋を見つけてそこに設置すれば、その場所をセーフティーゾーンに変えることができる魔道具なんだって。

新しくダンジョンが発見されると、冒険者ギルドが探索し終わった階層にこの魔道具を何個か設置するんだって。

そしたら、あとからダンジョンに入る冒険者さんたちが危なくなった時、そこに逃げ込めるでしょ。

この魔道具ができたおかげで冒険者さんたちがダンジョンや遺跡の探索で死んじゃうことがかなり減ったというくらい、画期的なものなんだってさ。

「そっかぁ。あれがあるから馬車をここにおいてっても、だいじょうぶなんだね」

「そういうこと」

この魔道具には今日の僕みたいに初めて森に入る子供が居る時だけじゃなく、大物を狙うような馬車が必要な狩りをする時も毎回お世話になっているんだって。

初回版限定
封入
購入者特典

特別書き下ろし。

お父さんといっしょの帰り道

※『転生したけど0レベル② 〜チートがもらえなかったちびっ子は、それでも頑張ります〜』をお読みになったあとにご覧ください。

EARTH STAR NOVEL

イーノックカウからグランリルの村への帰り道。

僕はお父さんといっぱいおしゃべりしたんだよ。

「ぼうけんしゃさんたち、げんきになってよかったね」

「ああ。あの光景を見た時は流石に驚いたが、うまく収められて本当に良かった」

僕たち、お家に帰るからルルモアさんにさようならしに行くだけのつもりだったでしょ。

なのに冒険者ギルドに行ったら人がいっぱい倒れてたんだもん。

お父さんだってびっくりするよね。

「どくってこわいんだね」

「ああ。今日はルディーンが大活躍したからみんな助かったが、本当なら大変なことになっていたとルルモアさんが言っていたぞ」

毒に侵されてる冒険者さんが多すぎて、お薬がぜんぜん足りてなかったって言ってたもん。

僕がキュア・ポイズンを使えなかったらほんとに大変なことになってたんだろうなぁ。

「お父さんが森につれてってくれたから、みんなげんきになったんだよね」

「その側面もあるにはあるだろうけど、流石にそれは違うんじゃないか？」

そうかなぁ？　お父さんといっしょに森に行ったから僕、レベルアップしたんだよね。

そのおかげでキュア・ポイズンが使えるようになったでしょ。

みんなが元気になったのは、やっぱりお父さんのおかげだと思うんだけど。

「それはともかく、いろいろな経験ができていい旅ではあったな」

「うん！　きれいな鳥さんもいっぱいとれたもんね」

初めての森、楽しかったなぁ。

おっきなジャイアントラットも狩れたし、何よりブレードスワローだ。

銀色に輝いてて、すっごくきれいだったもん。

あんなきれいな鳥、初めて見たんだ。

「ブレードスワローか。高く売れると知ってはいたんだが、まさかあれほどとはなぁ」

「おみやげにもってかえりたかったのに、ルルモアさんがおねがいだからぜんぶ売ってよって言ってきたもんね」

お父さんがブレードスワローはお肉もおいしいよって言ってたでしょ。

だから全部売らずに、一匹はおみやげに持って帰るつもりだったんだ。

でも欲しがってる人がいっぱいいるからって、全部冒険者ギルドに売っちゃったんだよね。

「あれほど高く売れるのなら、もうちょっと狩ってくればよかったなぁ」

「まだ持てそうだったもんね」

お父さん、最後に狩ったジャイアントトラットを担いでこれるくらい余裕があったもん。

それに僕だってまだMPはいっぱいあったから、狩ろうと思ったらできたんだよね。

「かさばるのが難点だけど、重さ自体はそれほどでもないからな」

「お母さんにも見せてあげたかったなぁ」

あんなきれいな鳥なんだから、持って帰ったらすっごく喜ぶと思ったのに。

「でもその後で起こったことを考えると、あそこで止めてよかったんだけどな」

「あとで起こったこと？」

僕、何のことか解んなくって頭をこてんって倒したんだよ。

そしたらお父さんはちょっとあきれたお顔になって、僕に起こったことだろって。

「最後のジャイアントトラットを狩った時、ふらふらになっていただろ？　あれがもし森の奥の方で起こっていたら大変だったじゃないか」

「あっ、そっか！　お父さん、そのことでルルモアさんにおこられちゃったもんね」

僕、早くレベルアップしすぎて、フラフラになっちゃったんだよね。

あれがもしブレードスワローを狩るために森の奥まで行ってた時だったら、帰ってくるのが大変だったかも。

「あっ、そうか。忘れてた」

僕がそんなことを考えてたら、お父さんが急におっきな声を出したんだよね。

「どうしたの？」

「あの時、ルルモアさんがシーラに手紙を出すと言っていたっけ。帰るのがちょっと怖くなってきたな」

そう言って、何かを思い出したかのようにぶるっと震えるお父さん。

でも、なんでそんなに怖がってるんだろう？

「だいじょうぶだよ、お母さんやさしいもん」

「ルディーンには確かにやさしいな……」

僕がお母さんは優しいから大丈夫だよっていってても、お父さんはまだちょっと怖がってるみたい。

でもイーノックカウに引き返すわけにもいかないからって、馬車はそのままグランリルの村へ向かったんだ。


「何だ、シーラは出かけてるのか」

お家に帰るとそこにはキャリーナ姉ちゃんがいるだけで、お母さんはどっかにお出かけ中みたい。

それを知ったお父さんは、ほっとしたお顔をしているんだよ。

でもね、僕がキャリーナ姉ちゃんにお母さんはどこに行ったのって聞くと事態は一変。

「冒険者ギルドからお手紙がとどいたんだけど、お母さん読めないからって司祭様のところに行ってるの」

「なっ！」

それを聞いて固まるお父さん。

そして、そのタイミングで開くドア。

「あら早かったのね、ルディーン。お帰りなさい」

「あっ、お母さんだ。ただいま！」

帰ってきたお母さんは、ニコニコしながらお帰りなさいしてくれたんだよ。

だから僕、ほらお母さんは優しいから怒ってないよってお父さんに言おうとしたんだけど……。

「それと、ハンス。ここではなんだから奥でお話ししましょう」

さっきとおんなじようにニコニコしてるんだけど、今のお母さんのお顔、なんでかちょっと怖い気がする。

「はい……」

そんなお母さんに連れて行かれたお父さんは、今まで見たことないくらいしょぼんってお顔をしてたんだ。

お母さんはね、これのおかげでいつも本当に助かっているのよって笑いながら教えてくれたんだ。

「おい、そろそろ出発するぞ」

「解ったわ」

「は～い！」

そうしているうちにクラウスさんも合流したのでいよいよ森の中へと出発！

イーノックカウ近くの森ほどではないけど、この森も入り口付近にはまだ道があってそこを僕たちは進んで行く。

そしてしばらくすると、クラウスさんが独り言のようにこう呟いたんだ。

「ルディーン君は森での狩りが初めてだから、まずは手ごろなホーンラビット辺りを見つけられるといいんだが」

「ああ、それに関しては心配ない。というか、ルディーンが居れば探す必要さえないんだ」

「ん？　ルディーン君が居ればって、それはどういう意味だ？」

クラウスさんとしては僕がまだ魔物狩り初心者だということで、弱い魔物を最初のターゲットにできたらいいと思ったみたい。

でもそう都合よくそんな弱い魔物にめぐり合えるかなんて解んないから、こんなことを言ったんだろうって思うんだ。

なのにお父さんが急によく解んないことを言い出すもんだから、クラウスさんだけじゃなくエリサさんまで不思議そうな顔で僕の方を見てきたんだよね。

そんな視線を向けられて僕、ちょっとどきどき。

お父さん、何の説明もしないでそんなこと言ったら誰だってびっくりしちゃうよ。

もう！　大人なんだから、もうちょっと考えてよね！

こんなことを僕は考えてたんだけど、当のお父さんはどこ吹く風。

「見れば解るよ。ルディーンやれるな？」

当然のように、僕にこう言って来たんだ。

まぁ、確かに何の問題も無いんだけどね。

「うん、ちょっと待って」

というわけで、僕はいつものように魔力を波にして周りに放つ。

すると周りからは結構な数の反応が帰って来たんだ。

「わっ、ここすごいね。いっぱいいるよ」

「そうだろう。でだ、弱そうな奴は近くに居るか？」

「えっとねぇ、ちょっと行ったところになんびきかいるよ。とんでたり木の上にいるのと、じめんにいるの、どっちがいい？」

「そうだなぁ。おいクラウス、多分ホーンラビットとビッグピジョンだと思うんだが、どっちがいいと思う？」

そんな僕とお父さんのやり取りを見て、なぜかぽかんとしてるクラウスさんとエリサさん。

どうしたんだろう、何か変な事でもあったのかなぁ？

僕がそう思ってお母さんの方を見ると、こっちはこっちであきれたような顔をしてたんだ。

そして一度大きなため息をついた後、お母さんはたしなめる様な口調でお父さんに文句を言い出したんだよね。

「もう！　ハンスったら、何の説明もしないでルディーンにこんなことをやらせて。クラウスさんたちがこんな反応をするのも当たり前よ」

「そうか？　でも俺だってイーノックカウではルディーンにいきなり見せられたけど、そんなに驚かなかったぞ」

「それは家でルディーンが夕飯時に何度も話をしてたからでしょ」

そんなお母さんにお父さんは必死でいいわけするんだけど、こうもはっきりと言われちゃったもんだからしょぼんとしちゃったんだ。

そしてその二人のやり取りを見て再起動したのか、エリサさんがちょっとおっかなびっくりって感じでお母さんに質問してきた。

「えっとシーラさん、それってどういうこと？　ルディーン君が今なにをやったのか、教えてもらえると嬉しいんだけど」

「ごめんなさいね。ルディーンが魔法を使えるというのは前に話したでしょ？　この子、その魔法の力で近くにいる獲物を見つけることができるみたいなのよ。そうよね、ルディーン」

「うん！　それでねぇ、このまほうだけどイーノックカウの森に行ったおかげでもっとうまく使えるようになったんだ。だから、どれくらいつよいのがいるかもわかるようになったんだよ！　すごいでしょ」

「へぇ、それは凄いわね。よくがんばったわ、ルディーン」

「えへへっ」

レンジャーのサブジョブが付いたおかげで探知魔法が強化されたことをお母さんに教えてあげるとほめてくれたんだよ。

だから思わず照れ笑いをしちゃったんだけど、そんな僕を見てたエリサさんはそれどころじゃなかったみたい。

「魔物がどこに居るのか解るって……それじゃあどんなに隠れるのがうまい魔物でも狩れるってことじゃないの」

そんなことをお母さんに言ってきたんだ。

そしたらその話を横で聞いてたお父さんが、うんその通りだよってエリサさんに教えてあげたんだよ。

「ああ、確かにその通り。実際イーノックカウではブレードスワローを数匹狩ることができたしな、ルディーン」

「うん！　いっぱい獲れたから、みんなびっくりしてたよね」

「ブレードスワローを数匹……」

「あらハンス。そんな話、聞いてないわよ」

「何言ってるんだ、肉を土産に持って帰っただろう」

「って、あれってブレードスワローの肉だったの!?」

でも、そしたらもっと大騒ぎになっちゃった。

そういえばお家に帰ってから僕がイーノックカウで鳥の魔物を狩ったってお話、してなかったなぁ。

だってさ、一匹分のお肉以外はみんな売ってきちゃったから忘れてたんだもん。

それにジャイアントラットのほうが大きくて、倒したって自慢するならあっちの方が良さそうだったし。

ブレードスワローって飛ぶのが早いだけで、とまってる時に魔法で撃ったら誰でも簡単に倒せそうでしょ。

僕、あんなのならいくら狩っても自慢になんかならないって思ったんだよね。

その後もしばらくの間この話が続いたんだけど、このままじゃいつまで経っても森に入れない。

「もう！　いいかげんにして。森でさわいじゃダメ！　もう！　大人なんだから、みんなちゃんとしてよ！」

僕は大きな声を出して、両手を突き上げながらみんなを叱ったんだ。

そしたらみんな一瞬ぽかんとしたお顔で僕を見たんだよ。

「ごめんね。ルディーンの言う通りよね」

「ああそうだな。すまん、ルディーン。お父さんが悪かった」

「ごめんなさいね、ルディーン君。おばさん、びっくりしちゃったから」

「本当にすまん。そうだな、今日はルディーン君の記念すべき初めての狩りだもんな」

それからちゃんと謝ってくれたんだよね。

「いいよ。ちゃんとあやまったから、ゆるしてあげる」

だから僕も、もういいよってみんなを許してあげることにしたんだ。

これからみんなで森に入るんだもん。

喧嘩したままだと危ないからね。


みんなが落ち着いたということで、話はやっと狩りの話題に。

さっきお父さんがホーンラビットとビッグピジョンがいるけど、どっちを狩ろうかって聞いてたでしょ。

「ルディーン君がブレードスワローを狩ったという方法が見てみたい」

クラウスさんのこの一言で、まずはビッグピジョンを狩ることになったんだ。

そんなわけでみんなして木にとまっている魔物の反応がある場所へゆっくりと移動。

急いで行くと気づかれて逃げられちゃうかもしれないもんね。

その移動の時間を利用して、クラウスさんが僕の魔法について質問してきたんだ。

「なぁハンス、それでルディーン君はどれくらいの距離から狙えるんだ？」

「そうだなぁ。ルディーン、イーノックカウの森での時は確か30メートルくらいの場所からだったよな？」

「うん。それくらいなら、ちゃんとねらったところに当てられるよ」

「30メートルか、凄いな」

このクラウスさんの言葉を聞いて、お父さんが変な顔をしたんだ。

だからどうしたの？　って聞いてみたらこんな答えが返ってきたんだよ。

「いや、シーラが射れば普段の狩りで使っている短弓でももうちょっと飛ぶから、なぜクラウスが30メートルと聞いて凄いと思ったのかが解らなかったんだ」

そっか、確かに弓のほうが遠くまで届くのなら別に魔法がそれくらいの離れてるところに届いてもびっくりするはずないもんね。

ところが僕たちの会話を横で聞いていたお母さんが、そんなお父さんに向かって呆れ顔でこう言ったんだ。

「何言ってるのよ、ハンス。ルディーンは30メートル先の〝狙ったところ〟に当てられるって言ってるのよ。弓の場合は足場がしっかりしている見晴らしのいい場所で、なおかつ風が吹いていないなんて好条件がそろわない限り、30メートル先の狙ったところに当てるなんてことができるはずないでしょ」

「そうよね。それに、仮に当てられるとしても木にとまっている魔物にそんな遠くから弓を射ったって、弦を弾く音や矢の風切り音で気付かれて避けられてしまうのがオチだわ。それなのにルディーン君の魔法は当てられるんでしょ？　ならそれは本当に凄いことよ」

そしてそのお母さんの言葉を受けて、エリサさんもこう言ってくれたんだ。

そっか、ならやっぱり魔法ってすごいんだなぁ。

あっ、でも。

「でもまほうって、とおくでうっても、ちかくでうってもつよさは変わんないんだ。でも弓はちかくでうった方がつよいんだよね？」

「それはそうよ。飛んで行く物である以上、距離が離れれば威力は減って行くからね。って、ああそうか。ルディーンは自分の魔法だけじゃなく、お母さんたちの弓も凄いって言いたいのね？」

「うん。ぼくのまほうはとおくにでも当てられるけど、お母さんの弓はちかくならつよいまものもやっつけれるから、どっちもすごいよね」

「ふふふ、ありがとう。ルディーン」

いくら魔法がすごいって言っても僕はまだ3レベルなんだし、威力で言えばお母さんの弓よりかなり弱いんだよね。

だから当てられるのにびっくりしたかもしれないけど、僕はやっぱりお母さんたちの弓の方がもっとず～っとすごいって思うんだ。

「そうだな。確かにルディーンの魔法は遠くまで届くが、イーノックカウで見た感じからすると威力的にはまだまだだった。強い魔物相手ではたとえ急所に当たったとしても、シーラの弓のように一撃でしとめることは多分無理だろうな」

「そう。魔法といっても万能じゃないのね」

うん、やっぱりそうなんだね。

お父さんたちのパーティーはブラウンボアみたいな強い魔物も狩るんだし、そんなの相手だったら僕の魔法なんてきっとあまり役に立たないって思うんだよね。

強い魔物にも通用するって思われたら困るから、お父さんにこう言って貰えて僕はちょっとだけホッとしたんだ。

そうこうしているうちに獲物である大きな茶色い鳥の魔物が見えてきたから一度止まって、そこからは更に音を立てないよう警戒しながら近づいて行く。

「ルディーン、行けるか？」

「うん。マジックミサイル！」

魔法の射程距離に入ったということで、お父さんの指示でマジックミサイルを発動。するとと細い光の杭が吸い込まれるように頭に命中し、鳥の魔物はグラリと傾くとそのまま木の下へと落ちて行った。

「よし、仕留めたな。皆は一応ここで待機。クラウス、確認に行くぞ」

「おう」

お父さんとクラウスさんは僕たちを残して先ほどの鳥の魔物のところへ。

これはクラウスさんからもし魔物にまだ息があった場合、小さな僕が不用意に近づくと危険だから今日は一日こうするってさっき決められたんだよね。

そんなわけでその場から動かずにお母さんたちと待っていると、お父さんとクラウスさんが鳥の魔物を持って僕たちのところまで帰って来た。

魔物には頭にしか傷がないところを見ると、僕の魔法でちゃんと狩れたみたいだね。よかった。

これでこの森でも弱い魔物なら僕の魔法でも急所に当てれば倒せるって解ったから、移動して今度はホーンラビットを狙うことに。

居る場所は探知魔法でもう解ってるから、そこに移動してビッグピジョンの時同様こっそり近づき、今回も遠くから魔法を頭に当ててやっつけたんだ。

「なるほど、このレベルの獲物なら問題なく倒せるってわけか。ところでハンス、ルディーン君の魔法はどれくらいの魔物にまで通用すると思う？」

「そうだなぁ、イーノックカウの森ではジャイアントラットの胴体を貫通してたから、ある程度までは通用するだろうが……」

するとお父さんとクラウスさんは僕の魔法がどれくらいの威力なのかが気になったみたいで、こんなことを話し始めたんだよね。

前に見た感じからある程度の威力は解ってるみたいなことをお父さんは言ったんだけど、でも実際に試したわけじゃないからはっきりとは言えないみたい。

そんなお父さんを見て、お母さんがそれならこうしたら？　って言い出したんだ。

「そんなの実際にどれくらいの魔物にまで通用するのか、やってみればいいだけじゃないの。と言うより、安全な狩りができる今日調べるべきね」

「そうよねぇ。私たち以外とルディーン君が一緒に行動してる時に強い魔物と出会ったとして、その時になって初めて通用しないって解ったら彼の命が危なくなるもの。フォローできる私たちが居る今日の内に調べておくべきだわ」

お母さんの意見にエリサさんも賛成。

その意見に説得力があったからなのか、お父さんたちからも反対意見が出なかったということで、そこからは徐々に強い魔物を相手にすることになったんだ。

とはいってもホーンラビットと大して変わらない魔物を相手にしても仕方がないからって、もう少し強い相手を求めて森の奥へと分け入ることに。

途中毒があるって言う蛇の魔物とかにも出会ったけど、強さ自体はそんなでもなかったし探知魔法のおかげでそこにいるって先に解ったでしょ。

だから僕が魔法を撃つまでもなくお母さんが弓でやっつけちゃったんだよね。

「ほら、お母さんもちゃんと強いってところをルディーンに見せたかったし」

なんて言いながら笑ってたけど、こっちに気が付いて向かってくる胴体の直径10センチちょっと、体長2メートル以上の大蛇の頭を一発で射抜いちゃったんだよ。

その姿を見た僕は、お母さんも流石村一番のパーティーの一員だけのことはあるなぁって思ったんだ。

だって口を開けて迫ってくる大蛇の魔物、大迫力だったもん。

それなのに平気な顔をして弓を構えて打ち抜いたんだから、ほんとすごいよね。

ある程度森の中に入ってからは、いろんな魔物を狩った。

大きな蟷螂《カマキリ》やカナブンのような虫の魔物、狐や狸のような本来は小さな動物が変異した魔物、それにこの森にはあまり居ないって言う狼のような肉食の魔物まで居たんだよ。

でも僕はマジックミサイルで、その全ての魔物を一発でやっつけることができたんだ。

でもその全部が僕の手柄じゃないんだよ。

お父さんやクラウスさんがあの獲物はどの方向から近づけばいいかとか、これをしたら気付かれるからやらないようにとかを教えてくれたからなんだよね。

多分お父さんたちがいなかったら気付かれて逃げられたり、そうじゃなかったとしても急所を打ち抜けなくて危ない目にあってたりしたと思うんだ。

だから僕が強いから全部狩れたんだなんて、絶対思っちゃダメだよね。

「取りあえず成人前の子供が狩れる範囲の魔物なら、急所に当てさえすれば倒せることが解ったわけだが……どうだルディーン、ここは一つブラックボアもやってみるか？」

こうして一通り倒して回ったころ、お父さんがいきなりこんなことを言い出したんだよね。

ブラックボアというのは体の色はまだ普通の猪みたいに黒に近い茶色なんだけど、魔力溜まりの影響で小牛くらいの大きさに変異してしまっている魔物だ。

うちの村ではこれを狩ることができれば一人前のパーティーを名乗れるって言われてる魔物なんだよね。

ちなみにこのブラックボアが魔力溜まりの影響を受け続けると体がもっと大きくなり、毛も茶色になってブラウンボアって言われるとっても強い魔物になるんだ。

「え～、ブラックボアはむりだよ。お兄ちゃんたちでもまだあんまりかったことないって言ってたもん」

お父さんが調子に乗ってそんなこと言い出したけど、僕の魔法で狩れるなんて思えないからちょっと危ないいんじゃないかなぁって思うんだ。

でも他のみんなは違う意見だったらしくて、やってみた方がいいって言うんだよ。

「さっきも言ったけど、どれくらい通用するかを一度試してみるべきだとお母さんも思うわよ。いずれは戦わないといけない魔物なんだから」

「そうね。私たちと一緒なら安全なんだし。ルディーン君、やってみたら？」

お母さんとエリサさんはそう言うし、クラウスさんも横で頷いてる。

結局反対したのはブラックボアと戦ったことがない僕だけ。

それならってお父さんやお母さん、それにクラウスさんたちを信じて挑んでみることになったんだ。

だから探知魔法でブラックボアらしき魔物を探して挑戦開始。

で、結果はと言うと、

「やっぱり通用しなかったね」

そう、僕のマジックミサイルが頭に見事に命中して、一度はブラックボアが大きくよろめきはしたんだよ。

でもその後体勢を立て直すと魔法を撃った僕の方へと突進！

その勢いと迫力にびっくりした僕は、怖くてまったく動けなかったんだ。

そんなブラックボアも、お母さんが僕を抱えて避けている間にお父さんたちがあっさり倒しちゃったんだよね。

というわけで僕はほとんど役に立てなかったんだけど、初めてブラックボアをやっつけたことに大興奮。

お母さんに下ろされた時には、喜びすぎてよろめいて転んじゃったくらいなんだ。

おまけに足元もちょっとふらついて、すぐにはうまく立ち上がれなかったんだよね。

「ルディーン。嬉しいのは解ったからちょっと落ち着きなさい」

おかげでお母さんに怒られちゃった。

だから僕は座ったまま大きく深呼吸。

そしてどきどきする胸がある程度治まるまで待って、やっと起き上がったんだ。

でも、なんかまだちょっとふらふらする。

喜びすぎて、どこかおかしくなっちゃったのかなぁ？

「さて。大物も狩れたことだし、今日はこれくらいにしておくか？」

僕がちょっとふらふらしながらもやっとのことで起き上がると、クラウスさんがそう言い出したんだよね。

でも折角森に来たんだし、僕としてはもうちょっと狩りがしたい。

というわけで近くに僕が狩れそうな魔物がいたらそれを狩ろうよって言うつもりで周りを探知したんだよ。

そしたらさ、なんと物凄く強い魔物の反応が返ってきちゃったんだ。

「えっ!?　これってもしかして」

「ん？　どうしたんだ、ルディーン」

強い気配に驚いてつい出してしまった声にお父さんが反応してこう聞いてきたから、僕は教えてあげたんだ。

近くに物凄く強い魔物が、ブラウンボアが居るみたいだよって。

「ブラウンボアがこんな森の浅いところに？」

途端にお父さんたちの顔が強張る。

でも何でだろう？

お父さんたちならブラウンボアをやっつけられるはずなんだけど。

「本当なの？　ルディーン」

そんな疑問が湧いた僕はこてんと首を倒してたんだけど、そこにお母さんが質問を投げかけてきたんだよね。

だから僕は言ったんだ、まず間違いないよって。

「うん。返ってきたつよさはぜんぜんちがうけど、さっきやっつけたブラックボアと同じような感じのまりょくだからね。ブラックボアがつよくなったらブラウンボアになるんだよね？　ならブラウンボアだと思うよ」

そう言ってから僕は、返ってきた反応から解ったその魔物の大きさとかをみんなに話してあげた。

そしたらそれを聞いたクラウスさんは確信を持ったみたい。

「そうか。ならほぼ間違いないな」

さっきまで以上に怖いお顔になってそんなことを言ったんだよね。

でもそのお顔を見た僕はますます解んなくなったから、お母さんの袖を引っ張って聞いてみたんだ。

「お母さん、クラウスさんはなんであんなお顔してるの？　お母さんたちならやっつけられるんでしょ？」

「えっ？　ええ、私たちなら狩ることができるわ。でもね、今はルディーンが居るもの。ブラックボアと違って守りながら戦うにはちょっと大変な相手だから、クラウスはあんな顔をしてるのよ」

「そっか、なら放っておいた方がいいんだね」

「そうね、それができたら本当によかったのよねぇ」

てっきり頷いてくれると思ってそう言ったのに、僕の話を聞いてお母さんは困ったお顔になっちゃったんだよね。

そしてそんな僕たちを見て、隣にいたお父さんがどうしてお母さんがそんなお顔をしたのかを教えてくれたんだ。

「ここがもし、森のもっと深い場所なら放っておいてもよかったかもしれない。でもこの辺りはまだ村の成人前の子供たちでも狩りのために入り込む可能性がある場所なんだ。そいつらがもしブラウンボアに遭遇したらどうなるか、ルディーンにも解るだろう」

そっか、もしこのままブラウンボアを放っておいたら犠牲者が出るかもしれないんだね。

こんな場所で見つけた以上本当なら絶対にやっつけなきゃいけないはずなのに、でも今は僕が一緒にいるでしょ。

戦ってもし事故があったらと思うと、お父さんたちは簡単には狩ろうって言い出せなかったのか。

でも……うん解った。

「ぼくなら大丈夫だよ。ブラックボアの時はびっくりしちゃって動けなかったけどもうだいじょうぶだし、お父さんたちが戦ってる間はちゃんとはなれてるから」

ならここは僕が、こう言い出さなきゃいけないよね。

だって放っておけないなら戦わなきゃダメなんでしょ？

でも誰も言い出せそうになかったんだもん。

「本当に大丈夫なのか？　ルディーン」

「だいじょうぶだよ。それにぼくなら遠くから魔法でこうげきできるから、お父さんたちが戦いやすいところにブラウンボアをつれて来やすいでしょ？　ならいつもよりたたかいやすいくらいなんじゃないかなぁ？」

多分弓とかだと途中の木が邪魔になってある程度近づかないと攻撃できないだろうけど、ぼくのマジックミサイルなら見えてさえいれば必ず当てられるもん。

ドラゴン&マジック・オンラインの狩りでいうところの魔物を釣る役としては、今ここに居る中で僕が一番向いてるって思うんだよね。

そう言って胸を張る僕を見たみんなは覚悟を決めたらしい。

だって顔つきが変わったからね。

「よし解った。ルディーン君もこう言ってくれたし、ブラウンボアを狩ることにしよう」

ここからはクラウスさんが中心になってブラウンボア討伐の作戦会議。

これはお母さんから聞いたんだけど、このパーティーにとってもブラウンボアはかなりの強敵らしくてしっかりとした作戦を立てないとダメなんだって。

「ベストは落とし穴を掘ってそこに落ちたところを倒すのが一番楽なんだが、この辺りには穴を掘れる空間がないからなぁ」

「ああ。となると最初の突進を岩か大木に自爆させて、脳震盪《のうしんとう》を起こしたところに集中攻撃する作戦で行くか」

どうもこの二つの作戦はボア系の魔物を狩る時の定番らしい。

さっきのブラックボアもそうだったけど、ボア系の魔物って攻撃されるととにかく最初は突進攻撃をしてくるそうなんだ。

そしてその攻撃は必ず最初に一撃を加えた相手に向かってくるから、簡単に罠にはめられるんだって。

「でも今回はルディーン君が最初に魔法で攻撃するんでしょ？　ここには崖も大岩も無いから必然的に大木ってことになるけど、それならかなり引きつけないと避けられるし、危なくない？」

でもその作戦を聞いてエリサさんがこんなことを言い出した。

これはブラックボアの突進を見てびっくりした僕がまったく動けなかったのを見てるから多分心配になってそう思ったんだろうね。

でも、そんなエリサさんにお母さんは笑いながらこう言ったんだ。

「それなら今回も私がルディーンを抱えて避けることにしましょう。あらかじめルディーンの後ろに位置取って置けば、ブラックボアの時より余裕を持って動けるから失敗はしないはずよ」

「そうだな。ブラウンボアが木にぶつかった後は俺とクラウスの二人で攻撃している間にルディーンもシーラたちと一緒に弓を射る位置まで移動。そこから魔法で攻撃してもらうことになるんだから、ここは任せたほうがいいだろう」

「ええ、ルディーンは必ず守るから、任せて」

このお母さんの意見には誰からの反対も出なかったので、これで決定。

そしてこの後でもう少しだけ細かい立ち回りを話し合ってから、僕たちはブラウンボア討伐の為に移動を開始したんだ。

僕の探知魔法による情報を基にして移動し、ブラウンボアがもうすぐ見えるであろうところまで来たってことで一旦停止。

ここで狩人のジョブを持つエリサさんが先行して偵察することになったんだ。

探知のおかげでブラウンボアの位置は大体解ってるけど、罠に使えそうな大木があるかどうかを調べないといけないからね。

そして待つこと10分ちょっと。

帰って来たエリサさんの報告で、４箇所ほど使えそうな木が生えている場所があることが解ったみたい。

そこで今吹いている風の方向とか地面の傾斜、それに離れても弓で攻撃しやすいかとかも考えて使う木が決定した。

そして。

「準備はいいか？　それじゃあルディーン君、始めてくれ」

「うん」

僕はお母さんと一緒に大きな木の前に移動。

ブラウンボアはかなり離れている上に別の方を向いているおかげでまだこっちに気付いてないみたいだね。

だから僕は体に魔力を循環させながら、しっかりとブラウンボアの頭に狙いをつけて魔法を放ったんだ。

「マジックミサイル」

すると音も無く光の杭はブラウンボアのこめかみ辺りに命中！

その瞬間、頭が横に弾かれるように大きく動いたんだよ。

でもそこはあの巨体だけによろめくこともなく、一瞬ブルッと体を震わせた後にゆっくりとこっちの方へと体の向きを変えて身構える。

そして一瞬体を沈めるような溜めを作った後、猛然とこちらへの突進を開始したんだ。

その迫力と来たらブラックボアの比じゃないんだよね。

なんと言うかなぁ。

貴族様が乗るような大きくて頑丈な茶色い馬車が、信じられないような猛スピードで地響きとともに迫ってくるって感じ？

今は距離が離れてるからまだいいけど近づいて来たらもっと怖いだろうし、もし僕一人だけだったらきっとすぐに逃げちゃったと思うんだ。

でもお母さんはちゃんと僕の腰に手を回して、いつでもすぐに逃げることができる体勢を取ってくれてるでしょ。

だから僕は安心して、もう一度体に魔力を循環させる。

そして。

「マジックミサイル！」

「えっ？」

今度は迫ってくるブラウンボアの眉間に向かって二発目のマジックミサイルを発射！

すぐ近くに居るお母さんの驚きの声を掻《か》き消すほどの轟音《ごうおん》を響かせながら猛スピードでこっちに向かってくるブラウンボアがそれを避けられるはずが無い。

カウンター気味に命中したおかげで、ブラウンボアの顔が後ろに軽くはじける。

しかしスピードが付いている上に体重も1トン近い巨体だもん。

その程度のことで止まるはずが無いよね。

攻撃を受けて更に怒りが増したとでも言うかのようにスピードを上げたんだ。

そしてすぐ目の前までブラウンボアが迫った時。

「ルディーン、飛ぶわよ」

お母さんは僕を抱え上げると数歩横に走った後、そのまま宙を舞う。

その時お母さんに抱えられながら見たんだ。

避ける僕たちの動きをしっかりと捉えているブラウンボアの燃えるように光る赤い目を。

でもスピードの乗った巨体がこっちを向くことは無く、そのまま大木へ吸い込まれる。

同時にぶつかった衝撃と轟音、そして何かを砕くような音が静かなはずの森の中に響き渡ったんだ。

その様子を見てすかさず身構えるお父さんとクラウスさん。

そしてお母さんは僕を抱えたまま、エリサさんと予め決められた場所へと急いだんだ。

すぐに次の攻撃に移るためにね。

ところが。

ぴぎゃぁ。

その巨体からは考えられないような弱々しい泣き声と共に崩れ落ちるブラウンボア。

そして数回ビクンビクンと痙攣《けいれん》した後、その動きを完全に止めちゃったんだよね。

と同時に僕の体に異変が起こる。

僕は体がまるで自分のじゃないみたいにうまく動かせなくなって、その上頭もふわふわを通り越してぐわんぐわんしだしたんだよ。

そしてそんな状態に僕の小さな体が堪えられるはずも無く。

きゅぅ～。

僕はお母さんに抱えられたまま、その場で気を失ってしまったんだ。

8 起きたらベッドの上だった

「あれ？　お家だ」

次に目が覚めた時、目に映ったのは見慣れたいつも僕が寝ている部屋の天井だった。

ただ、聞こえる音はいつもとまったく違ってたんだよ。

「お父さんだけならともかく、お母さんまでいて何やってるのよ！」

「ルディーンはまだ小さいのよ！　お母さんも私たちと一緒に怒ってたのに、なんで一緒になって！」

「ルディーン、一日たってもまだ起きないんだよ。ぐすっ、もしもう起きなかったらどうしよう……」

お嫁さんになって家を出てったヒルダ姉ちゃんと二人のお姉ちゃんが物凄く怒ってる声が、僕が寝てるお部屋まで聞こえてきたんだ。

そして。

「おかあさん。ルディーンにいちゃのとこ、いっちゃだめ？　スティナ、ルディーンにいちゃとあそびたい」

スティナちゃんの寂しそうな声が僕の耳にまで届いたんだ。

こうしちゃ居られない。

僕はスティナちゃんのお兄ちゃんなんだから、あんな声を出させちゃダメなんだ。

そんな思いから、なんとかベッドから起き上がろうとしたんだけど。

どてっ。

体にはまったく力が入らなくて、起き上がろうとした僕はそのままベッドから落ちちゃったんだ。

「っ!?　今の音って」

「まさかルディーンがベッドから？」

「大変！」

その音がお話をしているリビングにまで聞こえちゃったのかな？

怒りの声をあげていたお姉ちゃんたち三人が急に慌てたような声をあげたんだよね。

そして。

「ルディーン、大丈夫!?」

部屋に飛び込んでくるお姉ちゃんたち……より先に飛び込んでくるスティナちゃん。

「ルディーンにいちゃ、おきた？　ならいっしょにあそぼ」

にっこり笑いながら、遊びに誘われちゃったんだ。

「ルディーンはまだ寝てなくちゃいけないから、今日は我慢しようね」

「うん……」

スティナちゃんの誘いになんとかこたえようと思ったんだけど、遊ぶどころか立ち上がることもできなかった僕を見たヒルダ姉ちゃんの手によってストップがかかった。

僕はベッドに戻され、スティナちゃんはヒルダ姉ちゃんに説得されて帰って行ったんだ。

そして僕が目を覚ましたってことで、お姉ちゃんたち3人によるお父さんとお母さんへの説教も終了。

お父さんとお姉ちゃんたちはあんまり大人数が居てもだめだろうからって言って出て行き、お母さんだけが僕の看病の為に部屋に残ったんだ。

「お母さん、僕どうしちゃったの？」

頭がふわふわしてベッドの上で起き上がる事もできそうに無かった僕は、寝たままでお母さんにそう聞いたんだ。

だって何が起こったのかまったく解んないんだもん。

僕の中ではついさっきまで森にいたはずだし、何よりまだブラウンボアと戦ってる最中だったはずなのに。

なんとなくやっつけたような気もしないでもないけど、それなら僕がこんなところに寝かされてるのはおかしいよね？

そういえば魔物は最初に攻撃してきた人を攻撃するって言ってたもん。

もしかするとやっつけたように見えたブラウンボアが、あの後すぐに起き上がってきて僕を跳ね飛ばしたのかも？

でもそれにしてはどこも痛くないんだよなぁ。

そんな僕の疑問をよそに、お母さんは僕が今寝かされている理由を話してくれたんだ。

「それはねぇ、ルディーン。多分森に入り始めた子供がよくなる症状と同じものだと思うわ。これは狩りを始めたばかりの子がよくかかる病気のようなものだから心配する必要はないのよ。でも普通なら一日もすればよくなるんだけど、ルディーンは一日以上眠ってたのにまだ治らないからみんな少し心配してね。お父さんとお母さん、お姉ちゃんたちに怒られちゃったのよ。ルディーンはまだ小さいのに、もっと大きな子達と同じようなことをさせたからじゃないかってね」

へっ？　それって早くレベルアップしすぎたせいで体の強化に頭が付いていかなかった時に起こるやつだよね？

イーノックカウの森で僕もなった。

ってことは、もしかして。

僕はお母さんにばれないよう、こっそりステータスを開いてみたんだ。

そしたら。

ルディーン
ジョブ　：　賢者《10／30》
サブジョブ　：　レンジャー《1／30》

「ええっ!?」

「どうしたの、ルディーン!?」

自分のレベルを見て僕がびっくりしていきなり叫んだもんだから、お母さんは大慌て。

それはそうだよね。

今まで体の具合が悪くって寝てた子供が急にこんな声あげたんだもん。

でも僕はそれどころじゃなかったんだ。

お父さんたちに森に連れて行ってもらえるまでの僕は、確か3レベルだったはず。

それなのに、なんで急にレベルが7も上がってるの？

「大丈夫？　どこか痛いの？」

ドラゴン&マジック・オンラインでは低レベルのキャラクターが一度に多くの経験値を入手すると10レベルを上限に一気にレベルが上がるなんてことはあったよ。

でもいくら高レベルのブラウンボアを倒したって言っても今回はお父さんたちとパーティーを組んでたでしょ。

そんな物凄い経験値が入ったとは思えないんだよね。

ならなんで？

ゲームでは始めたばかりの人が友達と早く一緒に遊べるようにと、高レベルの人と組んで強い魔物を倒してももらえる経験値が減らない仕様だったよ。

でも今回は別に50とか60レベルのキャラに交じって狩りをしたわけじゃない。

お父さんたちのパーティーに入って狩りをしただけなんだから、2レベルとか3レベルならともかく7レベルも一気に上がるなんて考えられないんだよね。

「ルディーン、返事をして。誰か、来て！　ルディーンが、ルディーンが！」

ん？　待って、そう言えば自分のレベルより高い魔物を狩った場合はもらえる経験値がプラスされたはず！

いやでも、それは狩った魔物よりパーティーのレベルが低い場合だからなぁ。

お父さんたちでもソロで倒せないみたいだから、ブラウンボアはパーティーの誰よりもレベルが高い魔物なのかもしれない。

でも回復役が居ないパーティーでの狩りなんだから、ゲームの時ほど強い敵を倒してるってわけじゃないだろうし……。

そう考えると一匹倒したからって3レベルが10レベルまで一気に上がるほどの経験値をもらえるとはとても思えないんだよね。

ゆさゆさ。

そこまで考えたところで、僕の体が急に物凄い勢いで揺さぶられたんだ。

「ルディーン！　ルディーン！」

何事!?

そう思った僕が慌てて周りを見渡すと、お母さんがなぜか泣きそうなお顔で僕の名前を叫んでたんだよね。

「ちょっと、お母さん。どうしたの？　まだ頭ふらふらするんだから、そんなにゆすったら……」

ああ、頭がまたぐわんぐわんって。

ベッドに寝たままなのに、考えてたことが一気に頭から零《こぼ》れ落ちそうなくらい頭がふわふわする。

おまけに目も回ってきて、僕はまたきゅ〜って倒れちゃったんだ。

でも今回は森の中みたいに気を失ったわけじゃないから、５分ほどでなんとか回復。

というわけでお母さんに、何でこんなことしたのって聞いたんだよ。

「何で急に僕をゆすったの？　頭、まだふらふらするんだからゆすっちゃダメじゃないか！」

そしたらごめんなさいって謝ってからこう言ったんだ。

「だってルディーンがいきなり黙り込んじゃって、お母さんがいくら呼んでも何の反応もしてくれなくなっちゃったんですもの。今度は目を開けたまま気を失ってるんじゃないかって思ってびっくりしたのよ」

「そうなの？」

「ええ。ルディーンの名前をお母さんがいくら叫んでもこっちを見てくれないし、お父さんもヒルダたちも今家にいないから、パニックになってしまったのよ。でもよかったわ、気が付いてくれて」

僕、考え事に集中しちゃったせいでお母さんに呼ばれても気付かなかったのか。

それじゃあびっくりしちゃっても仕方ないね。

「ごめんなさい。どうしてこうなっちゃったんだろうって考えてたら、お母さんの声、聞こえなくなってたみたい」

「いいのよ、ルディーンが無事なら」

お話を聞くとどうも僕が悪いみたいだからごめんなさいすると、お母さんは涙を拭きながら笑って許してくれた。

泣くほど心配させちゃったんだね。

お母さん、本当にごめんなさい。

それもこれも一人で考え込んじゃったからなんだろうなぁ。

そう思った僕は、ブラウンボアをやっつけた時のお話を聞くことにしたんだよ。

そしたらなぜレベルがこんな急に上がったのかが解るかもしれないからってね。

「ブラウンボア？　ああ、ルディーンはあの後すぐに気を失っちゃったから、その後のことが気になるのね」

そう言ってうんうんと頷いたお母さんは、あの時何があったのか教えてくれたんだ。

とは言ってもお母さんもはっきりとは解んないらしい。

だからこれはあくまでクラウスさんとお父さんがやっつけたブラウンボアを調べて出した結論みたいなんだけど……。

どうやら一度目のマジックミサイルで、ブラウンボアの頭の骨に結構大きなひびが入ってたみたいなんだ。

そんなところに二度目のマジックミサイルをカウンターで受けたもんだから、頭の骨が更にもろくなっていたみたい。

その後は僕も覚えている通り、突進のスピードに自分の体重が乗ったまま大木にぶつかっていったでしょ。

その衝撃がとどめになって頭蓋骨が砕けたから死んじゃったんじゃないかな？　っていうのがお父さんたちの考えみたい。

なるほど、あのブラウンボアは弱ってるところに自分の体と力で更にダメージを受けて頭が潰れて死んじゃったってわけか。

ん？　ならこの狩り、僕しかブラウンボアにダメージを与えてないってこと？

もしかして、そのせいで一人で倒したってことになったとか？

ブラウンボアはお父さんたちが作戦を立てた上でパーティーで挑む魔物だから20レベル近い魔物のはずだよね。

それを3レベルの僕が倒したって事は……。

何で僕がベッドの上から動けないくらい一気にレベルが上がっちゃったのか、このお話を聞いて解った気がしたんだ。


次の日も僕はまだベッドの上だった。

と言うのも目がさめた時、二日も寝てたのならもう起きても大丈夫だよね？　って思って体を起こしたら頭がふらっとしてベッドから転げ落ちちゃったんだ。

そしたらその音を聞きつけたお母さんとお姉ちゃん二人が飛んできて。

「ルディーン、大丈夫？　無理しないでもう一日ベッドで寝てなさい」

「そうだよルディーン、あんたはまだ小さいんだから」

「私も初めてルディーンみたいになった時は大変だったもん。ルディーンはその時の私より小さいんだから、寝てなきゃダメよ」

こう言って僕がベッドから降りるのを禁止しちゃったんだよね。

もう！　ちょっとふらついちゃっただけで僕は元気になってるのに！

いくらお母さんやお姉ちゃんたちにそう言っても、まだふらふらするんでしょ？

ほらごらん、まだおとなしく寝てなさいって聞いてくれないんだもん。

ホントにもう大丈夫なのになぁ。

でもまぁ、いくら言っても聞いてくれないんだから仕方ない。

ベッドの中でできることをするしかないよね。

というわけで僕は自分のスキルを眺めることにしたんだ。

するとちょっと不思議なことが。

今回ブラウンボアをやっつけたことで僕のレベルは大幅にアップしたんだけど、でもそれは賢者だけでサブジョブのレンジャーは何故か1のままだったんだ。

これってなぜなんだろう？

ドラゴン＆マジック・オンラインのころは、経験値ってレベル上げしたいジョブをメインにしないと入らなかったんだよね。

だから今も同じなら一度レンジャーにジョブチェンジして、レベル上げをしてから改めてサブジョブにすると言う答えが正しいってことになる。

でもさ、そもそもジョブチェンジと言うものができるか解んないこの世界ではこれは当てはまらないと思うんだ。

だってもしそうしないとレベルを上げられないって言うのなら、持っている人全員のサブジョブが1レベルじゃないとおかしいもん。

だけどヒルダ姉ちゃんのステータスを覗いて見ると、サブジョブの狩人が7レベルなんだよね。ってことは別々にレベル上げをしなくてもサブジョブのレベルは上げられるってことなんだと思う。

「う～ん、ゲームの時みたいに今の経験値がどれくらいなのかを見れたら、どうやってレベルを上げたらいいのか解るのになぁ」

ステータス画面、他はみんな同じなのになんでか今溜まってる経験値の数字の項目だけがないんだよなぁ。

もしその数値をゲームの時みたいに見ることができてたら、狩りに行った前と後の数値を見比べればどんな行動をした時に溜まるのかも解るでしょ。

そしたらなんで今回、レンジャーのレベルが上がんなかったのか解るはずなのに。

でも無いんだから、いくらあったらいいのにって言ってても仕方ないよね。

他にサブジョブのレベルの上げ方が解る方法はないのかなぁ？

なんて思いながらステータスを眺めてたんだけど、そこには今の僕の強さが書かれているだけなんだからどんなに見つめていてもそんなの解るはずがない。

う〜ん、何の手がかりも無いんじゃあ調べようがないか。

そう思ってあきらめようって思ったその時。

「ルディーン、ちゃんと寝てる？」

キャリーナ姉ちゃんがホットミルクを持って僕が寝てる部屋に入ってきたんだ。

「ちゃんと寝てるよ。でも一人だからつまんない」

「ベッドに寝たままだと何にもやることないもんね。でもまだ一人で起き上がれないんだから、寝てなきゃダメだよ」

僕が文句を言うとキャリーナ姉ちゃんはうんうんって頷いてくれたんだけど、それでも寝てなきゃだめだよって言われちゃった。

むぅ、もう大丈夫なのに。

この後お姉ちゃんは、僕がベッドの上でもホットミルクを飲めるようにって体を起こすのを手伝ってくれた。

いや、体を起こすくらい僕一人でできるんだよ。

でもキャリーナ姉ちゃんが、

「ふらついたら危ないでしょ？　お姉ちゃんの言うことを聞きなさい」

って言って体を支えようとするもんだから、僕は言いなりになるしかなかったんだ。

渡されたホットミルクを飲んでると、キャリーナ姉ちゃんはベッドの脇に座って、ニコニコしながら僕の方を見てる。

今キャリーナ姉ちゃんがしてることって、いつもだったらお母さんやレーア姉ちゃんの役目でしょ？

それなのに今日は自分がそれを任されてるもんだから嬉しいんだろうなぁ。

僕もスティナちゃんにお兄ちゃんぽいことをしてる時は嬉しくなるもん。

だからお姉ちゃんの気持ち、よく解るよ。

とその時、僕は何気なくお姉ちゃんのステータスを見たんだ。

これは何かを調べようと思ったわけじゃなくって、さっきまでずっと自分のステータスを眺めてたからなんとなく見ちゃっただけなんだよ。

でも僕はその表示を見てびっくりしたんだ。

だってお姉ちゃんのジョブが狩人になってたんだもん。

僕、キャリーナ姉ちゃんのメインジョブはきっと神官になるって思ってたんだよ。

だって前に見た時は見習い神官のレベルの方が見習い狩人より高かったからね。

なのにお姉ちゃんのジョブの欄には狩人《1／28》の文字が。

でも、なんで？

お姉ちゃんが村の子たちとパーティーを組んで森に入ってるのは僕も知ってるんだよ。パーティーだと多分、もらえる経験値は一人の時よりちょっと減ってるはず。その代わり楽に魔物を狩れるはずだから、そろそろ神官のジョブについててもおかしくないんじゃないかなぁって思ってたんだよね。

それなのにずっと低かったはずの見習い狩人のレベルが、見習い神官のレベルを逆転してるんだもん。

そんなこと思いもしなかったから、僕は凄くびっくりしちゃったんだ。

そんな僕の様子を見ておかしいと思ったのか、お姉ちゃんが不思議そうなお顔をする。

「どうしたのルディーン、そんなびっくりした顔して。なんかあった？」

「なんにもないよ。でも……えっとねぇ、ちょっと聞いていい？　お姉ちゃんって狩人の練習、キュアの練習よりいっぱいしてるの？」

「狩人の練習って言うと弓の練習のこと？　ううん、あんまりしてないよ。お家でのキュアの練習は今もしてるから、そっちの方が多いんじゃないかな？」

どういうこと？

キャリーナ姉ちゃんが言ってるのがほんとなら、今でもキュアの練習の方が多いんだよね？　だったら元々レベルが高かった神官になってないとおかしいはずなのに。

「ルディーンはどうしてそう思ったの？　私、なんか変だった？」

「ううん、お姉ちゃんは別に変じゃないよ。ただ解んないことがあっただけ」

「解んないこと？」

練習は神官のほうが多いのにジョブが狩人になったってことは、何か別の理由があるんだよね？

ん？　もしかして動物や魔物を倒した経験値って、それを得るための行動によって入る量が違うとかなのかな？

森でのけがは怖いから、みんな普段からなるべく安全に狩りができるように気を使っているでしょ。

だから狩りの最中にけがをしてキャリーナ姉ちゃんに治癒魔法をかけてもらうなんてことは、多分ほとんどないと思うんだ。

「ねぇルディーン、解んないことって何？」

なら狩りの時のお姉ちゃんは狩人としての技術しか使ってないってことになるよね？

そのせいで見習い狩人の方に経験値が集中して入ってたとしたら……、
ゆさゆさゆさゆさ。

そこまで考えたところで、僕は誰かに急速にゆさぶられる。

その犯人はと言うと、この部屋には二人しか居ないんだから当然キャリーナ姉ちゃんだ。

「ルディーン、解んないことってなぁ〜に!?　意地悪しないで教えて！」

「わっわっ！　お姉ちゃん、そんなにゆすったら危な、わぁ」

どすん。

お姉ちゃんにゆさぶられた僕は、その勢いに負けてお姉ちゃんを巻き込んでベッドから転げ落ちちゃったんだ。

「うう、熱いよぉ、ぐすっ」

そうなると当然手に持ってたホットミルクがこぼれちゃうわけで。

「ルディーンが意地悪するから！　わた、わたし、悪く、ううっ、うわ～ん！」

「うわ～ん！」

ベッドから転げ落ちたショックと、ちょっとだけ熱かったホットミルクに驚いた僕。

そしてそんな僕と一緒に床に転がってホットミルクまみれになったキャリーナ姉ちゃんは二人して大泣き。

その泣き声を聞いて大慌てで部屋に飛び込んで来たお母さんは一瞬びっくりしたみたいなんだけど、すぐに困ったようなお顔になっちゃったんだ。

「まぁまぁ、キャリーナも11歳になってしっかりしてきたって思ってたけど、やっぱりまだ子供ね」

そしてその後、そんなことを言いながらホットミルクまみれになった僕たち二人をあったかいお湯で洗ってくれたんだ。

お母さんにあったかいお湯で洗ってもらったおかげで体がほこほこした僕。

その後ベッドに戻ると、お昼ごはんを運んできてくれたレーア姉ちゃんに起こしてもらうまでぐっすり眠れたんだ。

そのおかげで朝はまだ少しだけふわふわしてた頭も、もうすっきり。

早すぎるレベルアップでおかしくなってた体は完全に回復したんだよね。

だから僕はベッドを出て、お母さんのところに行ったんだ。

「ふらふらするの、お昼まで寝たら治っちゃった」

「そう、もう大丈夫なのね。よかったわ。でもね、ルディーン。今日一日は念のため、大人しくしてるのよ」

そしたら笑顔で喜んでくれたんだけど、それでもお外に出かけるのは許してもらえなかったんだよね。

ちぇっ、レベルが上がって新しく使えるようになった魔法を試してみたかったのに。

でもお家で使ってみるわけにも行かないから、僕は仕方なくイーノックカウで買ってきたご本を部屋で読むことにしたんだ。

僕が開いたのは錬金術のご本。

錬金術はブドウのタネから油を取ろうって思って急いで覚えた抽出と、ギルドでロルフさんに教えてもらった下級ポーションと属性魔石の作り方くらいしかよく知らないでしょ。

だからゆっくりとこのご本を読んで勉強しようって思ったんだよね。

最初のページから順番に読んでたんだけど、道具のそろえ方とか錬金術を使う時の心構えとかばっかりでちょっと退屈。

でもなぁ、材料も無いから錬金術を実践してみることもできないんだよね。

いつも魔道具を作ってる部屋なら魔石とかいろんな道具があるでしょ。

でもこのお部屋はお兄ちゃんたちも一緒に寝るとこだもん。

だから当然何にも置いてないんだ。

じゃあ移動すればいいじゃないかって話になるよね。

だけどさっきのお母さんの様子からすると、僕が魔道具を作るお部屋に行こうとしたって止められちゃうと思うんだよね。

だから今は我慢。

魔道具のご本だって最初はこんな感じだったし、このまま読み続ければきっと面白いところが出てくるはずだと思って僕は静かに読み進めたんだ。

そうして1時間くらい経ったころかなぁ？

「ルディーン、入るわよ」

お母さんがそう言って部屋に入って来た。

その手には、お盆に載った木のカップと見覚えのあるちょっと大きめな木の実。

僕たちがイーノックカウで買ってきたセリアナの実が載ってたんだ。

「そろそろのどが渇いたんじゃないかって思って持ってきたのよ。飲むでしょ？」

「うん！」

どうやら僕がずっとお部屋でご本を読んでたから、そろそろ休憩した方がいいと思ってセリアナの実を持ってきてくれたみたい。

お母さんはそう言うとお盆を近くのテーブルにおいて、なにやら金属製の道具を取り出したんだ。

それは先端が斜めにカットされた直径3センチくらいの金属でできたストローのようなものに細い棒がTの字になるように付けられた道具。

お母さんはそれをセリアナの実に軽く突き立てた後、くるくると回し始めたんだよ。

そしたらその先端が硬いはずのセリアナの実の殻を簡単に突き破って、どんどん奥に入っていったんだ。

そっか、あれはセリアナの実に穴を開けるための道具なのか。

前にお父さんがセリアナの実のジュースはお母さんの大好物だって言ってたけど、こんな道具まで持ってるってことは本当に好きなんだね。

だってイーノックカウの酒屋さんで出された時は、売ってるお店なのにナイフみたいなもので穴が開けられてたもん。

多分あれって露店とかでジュースを売ってる人が使う道具なんじゃないかな？

「はい。できたわよ、ルディーン」

お母さんはセリアナのジュースが入ったカップを僕に渡すと、続いて自分の分のジュースを取り出すために2個目の穴あけに取り掛かる。

それを見ながらふとお母さんの近くにあったお盆を見てみると穴が開いたセリアナの実の横にお皿があって、その上にくりぬかれた物が載せられてたんだよね。

どうやらセリアナの実の中にはジュースの他に白っぽい果肉のようなものが詰まってるみたいで、パッと見結構おいしそう。

だからお母さんにこれは食べないの？　って聞いてみたんだよ。

「う～ん、これは食べないわね。甘い香りがしておいしそうではあるんだけど、食べようとすると繊維が口の中に残る上にぬるぬるしておいしくないのよ。もしかしたら栄養があるのかもしれないけど、普通は捨ててしまうわ」

そっか、おいしくないのか。

あんなにおいしそうなのになぁ。

でも、もしかするとお母さんが言ったみたいに栄養がいっぱいあるかもしれないよね。

もしそうなら捨てられちゃうのはもったいないって思った僕は、とりあえず鑑定解析で調べてみたんだ。

そしたらなんと、この白い果肉の40パーセント以上が油だったんだよ。

入ってる栄養に関してはコラーゲンとかセラミドとかよく解んないものばっかりだったけど、僕にとってはそんな事はどうでもいい。

だって目の前のこの白い果肉を使えば植物油が取れるかもしれないんだから。

そう、もしかしたらこのセリアナの油によって夢の調味料、マヨネーズができるかもしれないんだもん！

「どうしたの急に？　なにかあったの？」

それに気が付いて興奮する僕に、お母さんは何が起こったのか解らず心配するような声を掛けてきたんだよ。

だから錬金術を使えば、もしかするとこのセリアナの実の果肉がすごいものになるかもしれないのが解ったんだよって教えてあげたんだ。

「へぇ、そうなの。これはみんなが捨ててる部分だから、本当に凄いものになるのなら大発見ね」

お母さんはそう言いながら僕の頭を撫でてくれたんだ。


お母さんにほめられて上機嫌な僕は、早速錬金術でセリアナの実から油を抽出する準備に入ることにする。

でも、流石にこのお部屋でやるわけにはいかないから、いつも使ってる魔道具を作るとこに移動しなきゃだめだよね。

だから、今解ったことを早く確かめてみたいってお母さんに言ったんだよ。

「仕方ないわね。家から出ないのならいいわ。でも疲れたらちゃんとやめるのよ」

そしたら笑いながら許してくれたんだ。

こうして僕の分とお母さんの分、二つのセリアナの実を持っていつものお部屋へ移動。

入るとすぐに金属トレイを出して、実の中から白い果肉をそこへかき出して行く。

それが終わると、今度は普通の錬金術で使われる解析をしたんだ。

だって、とりあえずこれをしないと油を指定できないからね。

ところが。

「これ、繊維質以外の全部が油に溶け込んじゃってるのかなぁ？　油だけだと、今の僕じゃ指定できそうにないや」

もっと錬金術のレベルが上がればできるかもしれないけど、今の僕じゃいろんな成分がいっぱい入ったものしか取り出せそうにないってことが解ったんだ。

でも前世の油にもいろんなものが入ってたし、取り出してみたら普通に使えるかもしれないよね。

よく解んない成分が並んでるけど毒になりそうなものは無いみたい。

あと少しのアルコールも入ってるみたいだけど、それも本当にちょびっとだからマヨネーズにして僕が食べても多分大丈夫だと思う。

というわけで早速抽出開始！

……あれ、なんで？

確かに油の抽出には成功したはずだよね？

なのになんで液体じゃないの？

錬金術を使って僕がセリアナの実から取り出したものは、少しだけ黄緑がかった白いクリーム状のものだったんだ。

もしかして抽出に失敗したのかなぁ？

そう思った僕は、詳しく調べる為にそのクリーム状の油らしきものを鑑定解析。

するとあることが解ったんだ。

「セリアナの油って、34度を超えないと解けはじめないんだ」

どうやらこの油、温めないと液体にならないみたいなんだよね。

「そっか。40パーセントも油が入ってるのにあんな状態だったんだもん、植物の油だからと言っても液体になるとは限らないのか」

納得はしたけど、これじゃあ動物の脂と同じでマヨネーズになんてできるはずない。

僕はこれを知って物凄くがっかりしたけど、でも折角作ったんだから何かに使えないかなぁって思って解析結果の続きを読んだんだ。

そしたらこれ、実は本当にすごいものだったってことが解ったんだよね。

「セリアナって薬草だったんだ」

なんとこの油は肌にいい成分や保湿成分が多いらしくて、体に塗ると肌荒れを防止してくれるみたいなんだ。

ただ、このままだとすぐに悪くなっちゃうみたいだけどね。

でもさぁ。

「薬草と同じなら、ポーションにすれば長持ちするはずだよね？」

普通の薬草だって煎じた物は一日くらいしか持たないけど、ポーションにすれば長持ちする上に効果も高くなる。

だからこれもきっとそうだと思った僕は、この油をポーションにしようと考えたんだ。

ところがこれが物凄く大変。

だってこの油、薬になりそうな成分が多すぎるんだもん。

どうせ作るのならって思っていろんなものに魔力を込めようとしたんだけど、数がいっぱいあるから魔力の適量が解りづらいんだよね。

だから僕は鑑定解析でそれぞれの限界値を注意深く確認しながら焦らずゆっくりと、そして物凄く慎重に魔力を注ぐことでやっと完成したんだ。

でもそれだけ苦労した甲斐《かい》はあったんだよ。

だって。

「ルディーン、これは本当に凄いわ！　日に焼けた肌がこんなにぷるんって」

このクリーム状のポーションをお母さんにプレゼントしてあげたら、僕を抱えあげてくるくる回っちゃうくらい喜んでくれたんだもん。


次の日。

レベルアップの後遺症はもう治ったたし、お母さんが出て行っちゃダメって言ったのは昨日だから今日からはまた森へ狩りに行けるって僕は思ってたんだ。

ところが。

「ルディーンはしばらくの間、森に入るのは禁止」

「えぇ～、何で？」

お父さんに森へ行くのを禁止されちゃったんだ。

でもそんなの、急に言われても納得できないよね。だから僕は抗議しながら、どうして森に行っちゃダメなのかを聞いたんだ。

そしたら返って来たのが、こんな答え。

「ルディーンはまだパーティーを組んでないだろ。ソロで森の狩りをするのは危険だから、禁止だ」

「でも僕、パーティーを組むなんて無理だよ。だって同い年くらいの子はまだ森に連れて行ってもらえないもん。それにもう森に行けてる上の子達は、みんな自分たちのパーティーを組んじゃってるし」

森へ行くのにはパーティーの方が安全だって言うのは僕も解るよ。

でも村では同じ歳くらいの子達でパーティーを組むのが普通だよね？

だったら僕がパーティーを組むはずなのって、まだ草原での狩りでさえうまくできない子ばっかりじゃないか。

そんな子達と一緒に森になんて行けるはずないもん。

パーティーを組まないと森に行っちゃ駄目って言うのなら、僕はずっと行けないってことじゃないか。

「確かにそうだが、やはり小さな子供一人で森に入るのを許すわけには行かないんだ」

でも僕がいくら言ってもお父さんは許してくれなかったんだよね。

そうか、そんな子達とでもパーティーを組まないといけないって言うのなら仕方ない。

僕は近所の同い年くらいの子達に声をかけてパーティーを組むことに決めたんだ。

みんなを森に連れて行くのはちょっと危ない気もするけど、きっと大丈夫。

僕が守ればいいんだからね。

「解ったよ。僕、近くの子達とパーティーを組むよ。それなら行っていいんだよね？」

「いや、それはダメだろ」

「えぇ～、何で？　パーティーを組めば行ってもいいんでしょ？　村には僕と歳の近い子が五、六人いるし、声をかければきっと組んでくれるもん。一人だからダメなんだって、さっきそう言ったよね？」

「いやだからと言って、近所の小さな子達を森に連れて行って怪我でもしたらどうするんだ？」

「大丈夫だよ。僕、レベルが上がって強い治癒魔法も覚えたし、大きなおけがをしたって治せるようになったから」

そう、実は賢者が10レベルになったことで治癒能力が物凄く高くなったんだよね。

今までのキュアでは治しても減った血を増やす事はできなかったから大けがをさせちゃったら助けられなかったかもしれない。

でも8レベルで覚えたライトヒールなら、流れ出ちゃった血もちゃんと元通りになるからその心配も無くなったんだよね。

流石にいきなり魔物に襲われて死んじゃったりしたら今の僕には治せないけど、探知をこまめにすればそんなこともまず無いでしょ。

お父さんが心配してるほど危なくないと思うんだ。

それに後2レベル上がれば、手とか足が取れちゃっても魔石を触媒にして治しちゃうことができる魔法を覚えるもん。

だからいっぱい森に行って早くレベルを上げたいんだ。

そしたらもっと安全になるからね。

それをお父さんに教えてあげたんだけど、やっぱり許してくれなかった。

もう、お父さんの嘘つき！

パーティーを組んだら森に行ってもいいって言ったのに。

大人なのに、嘘をついちゃダメだってことも解んないの？

この後いくら言ってもお父さんは許してくれないみたいだから、僕はお母さんの所に行って抗議したんだ。

お父さんがパーティーを組んだら森に行ってもいいって言ったのに、近所の子達とパーティーを組んでも行っちゃダメだって言ってるって。

「う～ん、ルディーン。流石に小さな子を森に連れて行くのは危ないとお母さんも思うわよ。それに近所の子達のお父さんお母さんも森に連れて行くなんて言ったら心配するでしょ？　だから、近所の子達を誘うのはやめて頂戴」

そしたらこんな風に言われちゃったんだ。

そっか、確かに僕と同い年の子達を森に連れてったらみんなのお父さんお母さんは心配するよね。

それに気が付いて、僕は近所の子達とパーティーを組むのをやめにしたんだ。


今日はもう、森に行くのはあきらめた。

だってどうすればいいか、他にいい考えが浮かばなかったんだもん。

それにお母さんもお兄ちゃんやお姉ちゃんに、今度僕と一緒に森に行ってくれるようお話してあげるって約束してくれたからね。

というわけで今日は村の近くで、昨日やろうと思ってた新しく覚えた魔法の試し撃ちをやってみることにしたんだ。

ただ覚えた魔法のほとんどは多分狩りには使えないんだよね。

だってそれを使うと、狩った魔物に大きな傷ができるものばかりだったから。

例えば火の攻撃魔法であるフレイム・ボルト。

これは火の矢を飛ばす魔法なんだけど、当たるとそこには大きなやけどができるんだ。

ってことは毛皮には大きな傷ができるし、その下の肉もこげちゃうからそこは捨てなきゃいけなくなっちゃうもん。

こんなのを使うのならマジックミサイルを使ったほうがいいよね。

次にロックランス。

これは魔物の足元に石の槍を生み出して串刺しにする魔法なんだけど、石だからもし鉄の槍みたいに細かったら折れちゃうよね？

だから出てくる槍はかなり太いんだよ。

そんなのが刺さったら毛皮だけじゃなくお肉まで傷んじゃうもん。

当然狩りになんか使えないんだ。

他には無数の風の刃で相手を切り裂くウインド・カッターとか、水しぶきを高速で飛ばして相手を穴だらけにする範囲魔法、ウォーター・スプラッシュなんて魔法もあるんだよ。

でもそんな魔物をぼろぼろにする魔法なんて使えるはずがないんだよね。

それじゃあ、なぜそんな魔法の実験をしてみようと思ったのか？

それは単純にカッコ良さそうだから。

狩りには使えないかも知れないけどやっぱり派手な魔法ってカッコイイし、誰でも一度は使ってみたいって思うよね？

ところが実際に使ってみたら、どれもこれも思ったほど派手さが無くてがっかり。

フレイム・ボルトは標的に当たると確かにボッと燃え上がるんだよ。

でも当てたのが拾ってきた木の棒だったから一瞬で燃え尽きてつまんなかったし、ロックランスはただ太い先の尖った石の柱が音も無く下から勢い良く出てきただけ。

ウインド・カッターとウォーター・スプラッシュなんて、透明だから撃ってもよく見えなかったもん。

どれもこれも実際に魔物に使えば派手なんだろうけど、何もないところで使ったら意外と地味で何の感動も無かったんだ。

でもまぁ仕方ないか。

ドラゴン&マジック・オンラインでは見栄えがいいように派手な演出があったよ。

でも現実に使うとなると派手な魔法ほど避けられやすかったり警戒されたりして使いにくそうだもんね。

特に火の魔法なんてゲームの中みたいに火の粉を撒《ま》き散らしながら飛んで行ったりしたら森の中は当然、たとえそこが草原でも周りの枯れ草に火がついて大変なことになりそうでしょ。

僕がさっき使ったフレイム・ボルトみたいに当たった場所が一瞬燃え上がる方が、実際に使うのなら絶対に使い勝手がいいと思うんだ。

というわけで、実際使ってみたらちょっとがっかりした結果になったけど、別にこれが全部無駄だったわけじゃない。

だって魔法を使ったおかげで各属性の魔力の流れを覚えることができたんだからね。

そう、これで僕は今まで作れなかった水、風、土の三つの基本属性の魔石も火の属性魔石同様作ることができるようになったんだ。

そして僕は最後に一つ、ある魔法を使ってみることにする。

これは攻撃魔法じゃないから派手さは無いんだけど、この属性の魔石を実は一番作れるようになりたいんだよね。

だから帰るまでに最低でも一度は使っておくつもりだったんだ。

その魔法と言うのはアイス・スクリーン。

これは氷の幕を張って、この魔法をかけられた人に対する炎系の攻撃の威力を下げる防御呪文なんだ。

ただ、これの上位魔法であるアイス・ウォールは目の前に一瞬にして大きくて分厚い氷の壁を作り出すから結構派手なんだよ。

でもアイス・スクリーンは一瞬氷の幕が張られるだけのかなり地味な魔法なんだ。

だから見た目には何の期待もしてないけど、この魔法の属性は氷だもん。

その魔力の流れを覚えて氷属性の魔石を作りさえすれば色々なものが作れそうだから、僕はそっちの方が楽しみなんだよね。

というわけで最後に一回だけ使って帰ることにしよう。

そう思った僕は、体に魔力を循環させて呪文を唱えたんだ。

「アイス・スクリーン」

そしたら足元から上に向かって氷の粒が空高く舞い上がり、僕の周りを包み込む。

「わぁ！」

そして舞い上がった氷の粒たちが太陽の光を反射してキラキラ光り輝くその光景は今まで使ったどんな魔法よりも派手で、その上とても綺麗だったんだ。

それにゲームの時と違って効果時間中はずっと氷の粒が僕の周りに漂ってるのが見えるから、動くたびにキラキラがちょっとずつ変化するんだよね。

「帰ったらお母さんやお姉ちゃんたちにも見せてあげよ」

魔法の効果が切れて下から舞い上がる氷のカーテンが消えるまで、ずっと駆け回りながらその光景を楽しんだ僕。

その後お母さんやお姉ちゃんが喜ぶ顔を想像しながら、お家へと急いで帰ったんだ。

9 ヒルダ姉ちゃんのお願い

森への狩りがお預け状態の僕。

お兄ちゃんたちが言うには来週には一緒に行ってくれるらしいんだけど、いつも組んでいる人たちとの約束ですぐには無理なんだってさ。

だから一人錬金術の練習を……しようと思っていたところで、僕はヒルダ姉ちゃんに捕まっていた。

「ルディーン、お母さんにあげたって言うポーション、また作れる？　もし作れるのなら私の分も作って欲しいんだけど」

「えっと……」

なんだろう？　ヒルダ姉ちゃんの様子がいつもと違う。

鬼気迫るって言うか、なんかもしできないって答えたら絶望するんじゃないかってくらい必死な形相なんだよね。

「材料さえあれば作れるけど、どうして？」

「ルディーン、解ってないの？　あなたは物凄いものを作ったのよ！」

えっと、僕がお母さんに作ってあげたのって肌のかさかさが治るポーションだよね？

それなのにヒルダ姉ちゃんの言い方だと死んだ人に振りかけただけで生き返るとか、そんなすごいポーションを作ったみたいなんだけど……。

ってことはヒルダ姉ちゃん、もしかして僕が作ったポーションの効果をお母さんから間違って聞いたのかなぁ？

なら違うよって教えてあげないと！

「ヒルダ姉ちゃん、僕が作ったのはお肌のかさかさを無くすだけのポーションだよ？　お姉ちゃんが思ってるようなそんな凄い……」

「だから、そのポーションが凄いって話をしてるんじゃないの！」

「えぇー!?」

ヒルダ姉ちゃんが言うには僕があげたお肌用のクリームポーション、使い始めた日よりその次の日、ようは昨日の方がもっと解りやすい効果が出たそうなんだ。

最初は肌のかさかさが取れてプルプルしただけなんだけど、二日目にお風呂に行ったらすっごくいっぱいアカが取れたんだって。

それだけ聞くとあんまりいい事だとは思えないよね？

だけど、お風呂から上がったお母さんを見たお姉ちゃんはすごくびっくりしたらしい。

「お母さんの肌がさらに艶々《つやつや》になっていて、狩りに出かける日々で日焼けしてた肌は透明感のある白い肌に、その上しわや小さな染みまでが綺麗さっぱり無くなってたのよ？　そりゃあお母さんはまだそれほど皺《しわ》が多かったわけじゃないけど、それでも35歳を越えて目じりに小じわが出来始めたって悩んでたのに、それがまるで20代の肌みたいになったんですもの。驚くなって言う方が無理だわ」

そういやぁお母さんの肌、白くなってたね。

でもそれっていいことなんだろうか？

正直よく解んないや。

でもお姉ちゃんの勢いを見てるうちに、どうやらすごいことなのかもしれないなぁって僕もちょっとずつ考えるようになってきたんだ。

ただ、それでも解んないことはある。

「肌なんてかさかさしたり、かゆくなかったらいいと思うんだけど、そんなに大事なことなの？　それにヒルダ姉ちゃんはまだお肌つるつるでしょ？　ならあんなポーション、僕いらないって思うんだけど」

「何を言ってるの、ルディーン。お母さんでもあれほど肌が若返ったのよ？　私が使ったらもしかして10代前半の肌まで、いやもしかしたらルディーンの肌くらいまで若返るかもしれないじゃない！」

僕、ヒルダ姉ちゃんが何を言ってるのか本当に解んないや。

僕の肌とヒルダ姉ちゃんの肌ってそんなに違うかなぁ？

そりゃヒルダ姉ちゃんはスティナちゃんが生まれるまでは毎日のように狩りに出てたせいで日に

焼けて真っ黒だったよ。

でも今はずっと家に居るからすっかり白くなって、僕の肌とそんなに違わないと思うんだけど。

それにヒルダ姉ちゃんはまだ19歳だからしわも無いし、そんな顔して僕に迫ってくるほどあのポーションが必要だとは思えないんだけど。

でもここまで言うんだから、もしかするとヒルダ姉ちゃんにとっては大変なことなのかもしれない。

だから言われた通り作ってあげる事にしたんだ。

「よく解んないけど、ヒルダ姉ちゃんがほしいって言うのなら作ってあげてもいいよ。でもさぁ、僕、お肌に塗るお薬の材料、持ってないよ」

「そっか、ポーションを作るにしても材料が要るわよね。いいわ、取ってきてあげる。何がいるの？」

「セリアナの実」

「はっ？　セリアナのジュースが飲みたいの？」

「ちがうよ。あのお薬の材料はジュースを取った残り。セリアナの実の中にある白い果肉の部分を使って作るんだ」

これを聞いて大きく目を見開いて驚くヒルダ姉ちゃん。そりゃそうだよね、今までは使い道が無くて捨ててた部分だもん。

でもその果肉部分があのお薬になるのは本当だから、もしあるのなら持ってきてって頼んだんだ。

「確かこの間お父さんがイーノックカウの土産だって持ってきたけど……ねぇルディーン、ジュースを抜いて数日経ったものじゃダメなのよね？」

「うん。実を割ってジュースを出すとすぐに悪くなるから、多分それじゃダメだと思う」

「解ったわ。とりあえず一度家に帰って調べてみるから、ちょっと待っててね」

そう言ってヒルダ姉ちゃんは僕の部屋を飛び出して行ったんだ。


「ジュースを抜いてないセリアナの実、一つも残ってなかったわ」

帰って来たヒルダ姉ちゃんはこの世の終わりみたいな顔をしてた。

お姉ちゃんが言うにはスティナちゃんがあのジュースが大好きらしくて、貰ったらあっと言う間に飲んじゃったみたい。

うんうん、スティナちゃんにねだられたら断れないもんね。

あっと言う間に無くなっても仕方ないよ。

「でも困ったわ。セリアナの実がないと、あのポーションは作れないんでしょ？」

「そりゃそうだよ。材料もなしにお薬が作れるはずないもん」

砂糖とか塩のように単純なものなら創造魔法で作り出せるけど、薬草は植物とは言え生物だから作り出すことができない。

これはどんなに高レベルになっても変わらないことなんだ。

一応あのお薬に含まれている成分の一つ一つなら、レベルが上がりさえすれば作れるようになるかもしれないよ。

でも入ってる分全部を魔石で作ろうとしたら、大きなお屋敷を買うより高くなっちゃうもん。

それなら素直にセリアナの実をどこかから持ってくるほうが楽だよね。

「そう言えばルディーン。この家は？　ここにはセリアナの実はもう残ってないの？」

「どうかなぁ？　お母さん、セリアナのジュース、大好きみたいだし」

あんな実に穴を開ける道具まで持ってるくらいだもん。

全部飲んじゃってたとしてもおかしくないかも。

「ルディーンはどうなの？　家に帰ってからもう何個か飲んだ？」

「ううん、僕はまだ一個だけだよ。帰ってからは雲のお菓子を作ったりして甘いもん食べてたから」

「なら絶対あるわ。だってお母さん、子供の分までは絶対に手をつけないもの」

そっか、みんなの分はともかく森に行ってからずっと寝てた僕の分は当然残ってるはず。

ならそのセリアナの実を使えばお肌のお薬、作れるね。

「でも僕、セリアナの実がどこにあるのか知らないよ？」

「それに関しては大丈夫。多分私がまだこの家に居たころから変わってないだろうから解るけど……流石に勝手に使うわけには行かないわね。ルディーン、お母さんはどこに行ったの？」

「確か、近所のおばさんたちとの集まりのはずだよ。朝ごはんの時、そう言ってたもん」

「えっ……」

その時ヒルダ姉ちゃんがいきなり固まった。

でも何で？

お母さんが近所のおばさんたちの集まりに行くなんていつものことじゃないか。

あっ、もしかしてヒルダ姉ちゃんも行かなきゃいけなかったのに忘れてたとか？

「不味いわね」

「ねぇ、もしかしてヒルダ姉ちゃんもその集まりに行かなきゃいけなかったの？　なら早くしないと」

「違うわ。手遅れって意味よ」

？？？

焦ったように呟いたお姉ちゃんの言葉の意味が、僕にはまったく解らない。

何がまずくて手遅れなんだろう？

だからお姉ちゃんの次の言葉を待ってたんだけど、そんな僕の耳にドドドドドッていう遠くの方から多くの人が走ってくるような音が聞こえてきたんだ。

「やっぱりこうなっちゃったか」

そしてその音を聞いて何かを悟ったかのように頷くヒルダ姉ちゃん。

「何がこうなったの？　ねぇ、どうなっちゃうの？」

「すぐに解るわ」

その感情が抜け落ちたようなヒルダ姉ちゃんの顔を見て不安に思った僕は慌ててそう聞いてみたんだけど、お姉ちゃんは何も答えてくれない。

そして、
バタン！

「「「「ルディーン君！　ルディーン君はいる!?」」」」

玄関のほうから聞こえてくる、近所のおばさんたちが僕を呼ぶ叫び声。

「ほら、これが答えよ」

鬼気迫るおばさんたちの声に、僕はこれからどうなっちゃうんだろうって震え上がったんだ。


「ごめんなさいね。みんなに詰め寄られて黙っていられなかったのよ」

これは帰って来たお母さんの言葉。

どうやら近所のおばさんたちとの集まりでお母さんの肌の話になったらしい。

でね、いくらなんでも自然とそんな状態になるはずがないから、その秘密はなんなの？　って聞かれたんだって。

最初の内はつい最近お父さんがイーノックカウに行ったから、その時に特別な化粧品か何かを買ってきたんだろうって言われてたらしいんだけど。

「ちょっと待って。もしこんな劇的に肌の改善ができる化粧品が新しく発売されたとしたら、ずっと品切れしているだろうからお土産として気軽に買えるはずないわ」

ある人がそう言ったことで急展開。

新発売じゃなく実は前から売られていた物を今回、やっと買って来る事ができたって言うのならいくらなんでも自分たちの耳に入ってるんじゃない？

そんな話から、どこで手に入れたのかって半分つるし上げ状態で聞かれたんだって。

お母さんはその迫力に負けて、僕に作ってもらったんだよって教えちゃったみたい。

「でもただ肌が白くなって、しわとかが消えただけだよね？　それだけのことなのに何でそんなに……」

「ルディーン君、何を言ってるの？　これは画期的なことなのよ！」

「そうよ。この薬があれば、在りし日のあの肌に戻ることができるのよ！」

「まさに若返りの薬！　この薬のためなら魔族に魂を売ってもいいくらいだわ」

この程度のことで何で？　って聞こうとしたら、それを遮るかのようにおばさんたちが詰めよってきたんだ。

そのあまりのすごい迫力に、僕はブラウンボアが迫ってきた時の恐怖を思い出した。

ううん、今のおばさんたちはブラウンボアと戦った時に感じた突進の迫力よりも、もっと怖いかもしれない。

それくらいの必死さが僕に伝わってきたんだ。

「ひゃあっ！」

だからすっごく怖くって、ついこんな声をあげちゃったんだよね。

おまけにちょっとだけ涙も。

いや、いくらなんでもこんなことでは泣かないよ。

ただちょっとだけ涙が出ただけ、うん、泣いてない！

でもそんな僕の様子を見たおばさんたちは、流石にちょっとやりすぎたと思ったみたい。

「ごめんね、ルディーン君」

そう謝ってくれたんだ。

「うん。僕は大丈夫だからいいよ」

だからそう言って許してあげたんだけど……でもごめんなさいはしたものの、おばさんたちが帰る様子はまったくなし。

ってことは、やっぱり作んなきゃダメみたいだね。

でもさぁ。

「お母さん、セリアナの実ってみんなに作れるくらい、いっぱい残ってるの？」

「あっ！」

さっきヒルダ姉ちゃんに言った通り、いくら作ってって言われても材料が無くちゃ作れないんだよね。

だからお母さんに聞いてみたんだけど、寝込んだせいでみんなと一緒に飲めなかった僕の分が後一個残ってるだけみたい。

それじゃあヒルダ姉ちゃん一人の分ならともかく、みんなの分なんて作れるはずがないよね。

「それじゃあお母さんにあげた分の半分しかできないもん、みんなの分なんて作れないよ」

「ちょっと待って、セリアナの実が肌の薬の材料なの？」

僕の話を聞いて、こう聞き返してきたのはエルサさん。

この間お父さんたちと一緒に森に連れて行ってくれたうちの一人で、クラウスさんの奥さんだ。

「うん、そうだよ。みんなが捨てちゃうって言う中の白い所が薬草みたいになってるから、それを使って作るお薬なんだ」

それを聞いたおばさんたちはみんなびっくり。

でもそれは当たり前かもしれないね。

だってセリアナの実は村でこそ作っていないけど、イーノックカウへ行けば露店で売られているくらい簡単に手に入るものなんだもん。

そんなありふれたものでおばさんたちが画期的とまで言うこの肌のかさかさが治るお薬を作れるって、何でみんな今まで気が付かなかったんだろうって思うだろうからね。

でも同時に困ってしまった。

だってセリアナの実はこの村では作ってないし、この近くに自生もしてない。

だから手に入れるには作っている村かイーノックカウに買いに行くしかないんだよね。

「ねぇ、ルディーン。ジュースを取ってから日にちがたったものでは作れないの？　それなら私たちが飲んだものがあるけど」

「さっきヒルダ姉ちゃんにも同じこと聞かれたけど、あの中の白いところは実に穴を開けるとすぐに悪くなっちゃうんだよね。だからジュースを出してすぐに作んないとあのお薬は作れないんだ」

それを聞いてすっかり落ち込んでしまったおばさんたち。

でもそんな中でただ一人、エルサさんだけは違ったんだ。

「仕方ないわね。だんなにイーノックカウまで買いに行かせましょう。なに、クラウスなら今晩出発させれば明日の夕方には帰ってくるでしょ」

ここに居る人全員分のセリアナの実を買いに行くってことは当然馬車でだよね？

馬の休憩時間も合わせて片道7時間くらいかかるんだけど？

それに明日の夕方って、クラウスさんに寝ないで買って来てって言うつもりなの？

それってすっごく大変じゃないか。

「クラウスさん、今日狩りに行ってるんだよね？　なら疲れて帰ってくるんじゃないの？」

「大丈夫よ、クラウスは頑丈だから」

えっと、そういう問題なんだろうか？

「でもでも、この間も牛乳を買いに行ったばっかりだよね？　馬車の移動っていっぱい揺れるからすっごく疲れるし、お尻も痛くなるから大変だよ？　かわいそうだよ」

「大丈夫。そんな柔《やわ》じゃないから」

クラウスさん、ごめんなさい。僕が何を言ってもダメみたいだ。

こうして本人が居ないところで、クラウスさんのイーノックカウ行きが決定した。

次の日の夕方。

「本当に買ってきたんだ」

僕の家の前にいたのは目の下に薄《うっす》らとクマを作ったクラウスさんとニコニコ笑顔のエルサさん。

その後ろには近所のおばさんたちが並んでいる。

そして庭にはイーノックカウで買ってきたセリアナの実がいっぱいつまった箱が幾つか積まれてたんだ。

「当然よ。ねぇ、ルディーン君。これだけあれば全員分作れるわよね？」

「作れるけど、あれって作るのがとっても難しいから一日にそんなにいっぱい作れないよ。それにジュースもこんなにいっぱい飲めないし」

「そうなの？　それじゃあルディーン君は無理をしなくてもいいからゆっくりと作ってくれればいいわ。私たちで受け取る順番を決めておくから」

エルサさんは自分の旦那さんが買ってきたものだから、当然一番最初に手に入れることができる。だからかなり余裕があるんだけど、その後ろにいたおばさんたちはこの僕たちのお話を聞いた途端一気に殺気立っててちょっと怖かった。

でも流石に僕の前で喧嘩を始める様なことは無く、別の場所に移動して順番を決めるって言い残して帰って行ったんだ。

因みにヒルダ姉ちゃんはと言うと、一個だけ残ってた僕のセリアナの実を使って作ったポーションを昨日の内に渡しておいたからこの集まりには参加してない。

一つの実で作っただけだからお母さんにあげた分の半分くらいしかないけど、そんな一気に使っちゃうような物じゃないから次の買出しまでは持つと思うんだ。

こうして僕の日課に肌のかさかさを取るクリーム状のお薬を作ると言うのが加わった。

これって油を抽出するのはそれほど大変じゃないけど、それをポーションにするのは難しくて最初はかなりの時間が掛かったんだよね。

でも、そんな難しい作業も毎日やっていればなれてくるし、なにより難しいだけあって錬金術のレベルが結構なスピードで上がる。

おかげで数日もしたら流れ作業のように作れるようになったんだ。

そして錬金術のレベルが上がったことによって、もう一つ解ったことが。

このセリアナの白い果肉から取れる油に卵と蜂蜜を混ぜてポーションにすると、髪の毛をつやつやにする効果があるらしい。

でもさぁ、肌が白くなるだけであの大騒ぎだったのに、この上髪の毛まで綺麗になるポーションが作れるって解ったら大変だよね。

「これは誰にもしゃべっちゃダメだ。絶対に秘密にしないと」

「ルディーンにいちゃ、なにがしみつなの？　おしぇ～て」

お肌のお薬を作りながらつい洩《も》らしちゃった独り言に、可愛らしい声が返ってきたんだ。

その声に僕が振り返ると、そこにいたのはスティナちゃん……とヒルダ姉ちゃん。

「ルディーン、一体何をしゃべっちゃいけないのかなぁ？」

迫り来るヒルダ姉ちゃんの迫力に、僕が逆らうなんて当然できるわけが無かったんだ。


名付けて髪の毛つやつやポーションの存在がヒルダ姉ちゃんにばれた二日後。

「ルディーン、来週の頭、イーノックカウに行くぞ」

お父さんから急にこんなことを言われたんだ。

「え～なんで？　来週になったらお兄ちゃんとお姉ちゃんが森に連れて行ってくれるって約束してくれてるのに！」

でもそんなの、急に言われても納得できるわけない。

僕一人で行っちゃだめだって言うし、同い年くらいの子達と一緒に行くのもだめだって言うからずっと我慢してたんだよ。

それなのにひどいや！　そう思ってお父さんに抗議したんだけど、

「仕方ないだろ。司祭様からあんな風に言われてしまったんだから」

ちょっと困った顔をしながらこんな事を言われちゃったから、僕は何も言えなくなっちゃったんだ。

これは昨日の夕方のこと。

「ハンスさんとシーラさんはご在宅かな？」

突然村の神殿出張所から司祭様がうちにやって来たんだ。

一体どうしたんだろうって思いながらお父さんとお母さんが出迎えると、司祭様が僕が作ったお薬の件でお話があるそうなんだよ。

というわけで呼ばれたんだけど、ちょっと難しいお話だからって僕だけは会話に参加せずに少し離れた所に座って話を聞くことになった。

「出張所のシスターなんじゃが、もう50に手が届きそうな年齢なのに、ある日突然まるで若者のような張りのある姿になっておってのぉ。それに驚いて何があったのかと聞いてみれば、この家の末のご子息が作ったポーションによって肌が若返ったと言うではないか」

「はい。うちのルディーンが作ってくれた肌用のポーションです。私もはじめて使った時は本当に驚きましたわ」

「そうであろうな。今まではわしもポーションといえば傷を治すものだと思っておったから、肌を若返らせるポーションの存在を知って驚いたわ」

僕も知らなかったんだけど、一般的にポーションと言えば傷を治したり毒を消したりするものが当たり前。

美容や健康維持のためのポーションというものは存在しなかったんだって。

そもそも錬金術と言うのは魔力操作ができるようにならないと覚えることができないから、勉強を始める段階でもう結構なお金が掛かかってるでしょ。

その上、ポーションを作れるようになるまでには同じくらいの時間とお金をかけて勉強をしなければいけないんだ。

だからそこまでして身につけた錬金術で、ただ肌を綺麗にするとか髪の毛をつやつやにするだとかのポーションを研究してまで作り出そうなんて考える人が居なかったみたい。

そりゃそうだよね。

傷や毒を治すポーションを作れるようになればそれだけでお金を稼げるようになるもん。

それなのに、わざわざ更にお金が掛かるような別のポーションを作るための研究を普通の人がするはずがない。

それに錬金術ギルドのようなところでも、より効果の高いポーションを作るためなら経費をかけて研究するとおもうよ。

でも、実際にできるかどうか解らないものの開発にお金をかけるはずがないもん。

「それで、ここからが本題なのだが。ご子息が作ったという薬、一刻も早く錬金術ギルドか商業ギルドに特許登録をした方がいい」

「とっきょ？　ですか」

いきなりよく解らない話をされてお父さんたちは驚いたらしいんだけど、司祭様が言うにはあの薬の存在をそのままにして置くと僕に悪いことが起こるかもしれないんだってさ。

「うむ。先ほども言った通り、この肌を若返らせるポーションと言うものはわしも聞いたことがない。これでもわしは治癒の勉強をしておる時にポーションの勉強も一通り修めておってのぉ、仮にこの様なものがもし存在しておったのなら知らぬはずがないのだ」

「はぁ」

「ならばこの肌を綺麗にするポーションは、ルディーン君が初めて開発したものである可能性が高い。そしてその価値がどれほどのものなのかは、実際に使った事のあるシーラさんなら解るな?」

「はい。確かに女性なら誰もが欲しがるものだと思います」

お母さんの返答に、そうだろうと頷く司祭様。

でもこのお薬についていえば、その程度の認識では危ないって言うんだよね。

「確かに女性なら誰でも欲しがるだろう。というのもこのポーション、やや効き過ぎる。例えば焼けた肌が白くなるとか、くすんだ肌がキメを取り戻す程度ならそれほど問題にはならないと思うのだが、このポーションを使えばうちのシスターのように歳を取った者でも若者の肌のようになってしまう。この様なものの存在を知れば誰もがその製法をほしがるであろうことは簡単に想像が付くであろう?」

「というと、ルディーンが狙われると言うのですか?」

「うむ。何せルディーン君はまだ幼い。この様な子供ならかどわかすのは簡単だと考えるのが普通だろうからな」

司祭様のこの発言にお父さんとお母さんはびっくり。

まさかこんな物でそんなことを考える人が出てくるなんて想像もして無かったからね。

「しかし司祭様。ここはグランリルですよ？　この村に来て子供をさらおうなんて考える奴がいるでしょうか？」

「そうです。この村は大人たちはもちろん、子供だって街にいる冒険者たちよりも強いのですから」

「普通はそう考えるだろうが、全ての者がこの村の者たちの力を知っているわけではない。例えば遠く離れた町の者ならどうだ？　この村の存在を知らず、ただルディーン君のポーションの存在だけを耳にすればそんな暴挙に出てもおかしくはないのではないか？」

話を聞いて黙り込んでしまうお父さんとお母さん。

確かにこの近所の村や町の人ならグランリルまで人さらいに行こうなんて考えないだろうけど、知らない人なら何をしたっておかしくないんだよね。

そして実際に僕はまだ小さい。

こんな小さい僕なら簡単に抱えられるし、姿だけを見たらさらうのなんてそんなに難しいとは考えないんじゃないかな。

だからこそ、そんなのが現れてもおかしくはないってお父さんたちは考えたんだ。

「では、司祭様。先ほどのとっきょとか言うものをすればその心配はなくなるのですか？」

「うむ。特許と言うのはな、ポーションの製法とその製作者を登録して公開する制度なんじゃ。これに登録さえしてしまえばルディーン君をかどわかしても意味がなくなる。何せすでにその製法はギルドに知られており、金さえ払えば作れるようになっているのだから犯罪を犯してまで知る意味もなければそのポーションを独占して稼ぐこともできないのだから」

「なるほど」

司祭様のお話を聞いて納得するお父さんたち。

確かにその特許と言うものに登録さえすれば、僕に危害を加えるような人は出てこなくなるだろうから司祭様の言うとおりにした方がいいって考えたんだ。

「解りました。ではなるべく早くそのとっきょとかいうものをやります」

「うむ。その方がいいだろう」

「ところで司祭様、それは肌の薬だけで宜しいのですか？」

話がまとまりかけたところで、お母さんからこんな話が飛び出した。

というのも、綺麗になるお薬は肌のほかにもう一つあったからだ。

「わしが知っておるのは肌用のポーションだけなのだが……もしかして他にもあるのか？」

「はい。昨日うちの嫁いだ娘がルディーンから聞き出しまして。髪を若返らせる薬もルディーンは作り出せるのです」

そう言うと、お母さんは頭に巻いていた布を取る。

なんでそんな布を頭に巻いていたのか。

それはこの薬に関しては肌のお薬が村の人たちにいきわたるまでは秘密にしようってお母さんたちで話し合っていて、綺麗になった髪を二人とも隠してたからなんだ。

そして取られた布の下から現れたのは、絹のようなさらさらとした綺麗な髪の毛。

お母さんは狩りの邪魔になるからって短くして居るおかげで今まで誰にもばれていなかっただけに、その髪には司祭様もびっくりだ。

「どうです？　ルディーンがくれたポーションのおかげで、髪だけならレーアやキャリーナに負けないくらいつやつやになっているんですよ」

「いつの間に。ってことはヒルダもか？　あいつはお前と違って髪が長いだろう」

「昨日私と一緒にポーションを使ってみたら、その効果に驚いてね。これは見られたら流石にすぐにばれるからって、ヒルダは周りに解らないよう髪を結い上げてから布をかぶるって言ってたわ。でも髪がつるつるさらさらになりすぎて、引っかからないから纏めるのが大変って笑ってましたよ」

そう言いながら髪に手櫛《てぐし》を入れるお母さん。

そのしぐさから、何の抵抗も無く指が髪に通っているのが解る。

確かにお母さんが言う通り、髪が若返っているんだろうね。

「なんともはや。当然その薬も特許登録しなければとんでもないことになるのは間違いない。一緒に登録してくるのがよかろう。ところで他にはないだろうな？」

「ええ。私が知っているのはこの二つだけです。ただ、本当にこの二つだけなのかはルディーンに聞いてみないと解りませんが」

お母さんがそう言ったことで、少し離れたところで聞いていた僕に三人の目が向く。

一斉に見られるとなんか怖いんだけど。

「ルディーン、もう他にはこんな薬、無いのかしら？」

「こんなお薬って、お肌のかさかさを治すポーションと髪の毛つやつやポーションみたいなののこと？　う～ん、今のところその二つだけだよ。言われたら作れるようになるかも知れないけど、どんなのを作ったらいいのかなんて僕、解んないもん」

本当に若返ることが出来るポーションなんて作れるわけないでしょ。

それにお母さんたちが何でこんなにこの二つのポーションで騒いでいるか解んない僕は、この二つ以外は作ろうとさえ考えてなかったんだ。

あっ、ただかかとのがさがさを取るお薬だけはお父さんに言われて作ったけどね。

でもあれは肌のかさかさを取るポーションの内、かくしつって言う奴を取る成分だけが必要だったから作り方自体は普通に作るよりも簡単。

材料もいろんな成分が無くなってたり少しくらいおかしな匂いがしてもいいからって、捨てるはずだった飲んでからちょっと時間が経ったセリアナの実を使ったんだ。

要するにあれは劣化版で、本物を使えば当然同じ効果が出るんだよね。

だから言わなくってもいいよねって思って話さなかった。

「そう、なら問題はないわね。でももし何か思いついたり作れたりしたらすぐに言うのよ。そのときょとか言うのに申請しなきゃいけないんだから」

「うん、解ったよ」

こうして僕はイーノックカウの錬金術ギルドまで特許申請のために行くことになったんだ。

イーノックカウに向かうことになった僕。

でもその前にやっておかないといけないことが二つあるんだ。

その内の一つは雲のお菓子を作る魔道具を魔道リキッドでも動かせるようにすること。

だって僕がこの村を留守にすると、スティナちゃんが楽しみにしてる雲のお菓子を作れるのがキャリーナ姉ちゃんだけになっちゃうもん。

でもお姉ちゃんはパーティーを組んでる人たちと森に出かけちゃうことがあるでしょ。

だから毎日はスティナちゃんに作ってあげられないんだって。

というわけで、僕は早速その作業に取り掛かったんだけど。

「これってもしかして、新しく作り直したほうが楽なんじゃないかな？」

前に雲のお菓子の魔道具を作った時はとりあえず動けばいいやって感じだったから、必要最低限のものしか付いてないんだよね。

でも誰でも使えるように改良するとなると、燃料である魔道リキッドに火属性の魔石が浸かるようにしなきゃダメでしょ。

でも今は熱くなるカンのところに、直接火の魔石を付けてあるもん。

このままだと魔石があるところに蓋付きの入れ物を作って、そこに魔道リキッドを流し込めるようにしないとダメなんだよね。

でもそんな改造をするとなると、凄く面倒な上に壊れやすくなっちゃうんだ。

だから今ある雲のお菓子の魔道具を改良するのはやめにして、一から作ることに。

まずはイーノックカウで買ってきた魔道具のご本を見ながら魔道回路の設計図を描く。

先にこれを描いておかないと、実際に魔道具を作るときに困っちゃうからね。

それができあがったら回転用の無属性の魔石と、お砂糖を溶かすための火の魔石を寸胴鍋の外に取り付けた燃料つぼの中に設置。

そこから水で薄める前の魔道リキッド原液を使って設計図通り各魔道具に向かって術式を書いて行くんだ。

でね、全部の術式を書き終えたら、つぼに魔道具を動かす燃料用の魔道リキッドを入れてスイッチオン！

ちゃんと魔道具が動くかどうかを確認したら魔道術式に使った魔道リキッドを魔力で定着させて完成だ。

とりあえず完成したってことで、それを持ってお庭へ。

お母さんに声をかけて、僕以外がスイッチを入れても雲のお菓子ができるかどうかを試してもらったんだ。

もしかしたらさっきは僕の魔力で動いただけで、他の人が動かそうとしたらダメだったなんてことがあるといけないからね。

実際に使ってもらったら、お母さん一人でも雲のお菓子を作れたからもう大丈夫。

そして僕とはまた別の意味でお母さんも一安心。

「まぁ、よかった。これからは近所の奥さんたちに頼まれた時も、ルディーンやキャリーナに作ってと頼まなくても良くなったわ」

「そう言えばスティナちゃんの分を作ってる時、よく一緒に作ってって言われたね。あれって、近所のおばさんたちの分だったの？」

「そうよ。この村にはお菓子なんて他にないもの。結構な評判で欲しがる人も多かったんだけど、ルディーンやキャリーナじゃなければ作れなかったからみんな順番待ちをしているのよ」

なんと、お肌つるつるポーション（髪の毛つやつやポーションにあわせて改名）だけじゃなく雲のお菓子も順番待ちだったのか。

それなら言ってくれればいいのに。

この魔道具を作るのはそんなに大変じゃないんだから、知ってたらもっと早く作ったよ。

そうお母さんに言うと。

「いいのよ。もしもっと早くに作ってたら、きっとこの村のお砂糖はみんな雲のお菓子になっていたでしょうからね。順番を待っているうちに我慢する癖がついた今なら大丈夫でしょうけど、甘味《かんみ》も結構人を惑わすもの」

こういう理由で僕に頼まなかったんだってさ。

そっか、確かに村中のお砂糖が無くなっちゃったら大変だもんなぁ。

まぁそうなったら僕が作ればいいだけなんだけど。

でもね、実はうちの分以外は魔石からお砂糖を作るのはやめた方がいいって司祭様から言われてるんだ。

何でもかんでも僕の魔法に頼るようになると、もし僕がどこかに行かなきゃいけなくなった時にみんなが困っちゃうからなんだって。

今の僕はずっとこの村にいるつもりなんだよ。

だけどお嫁さんになる人が別の村や町に住んでて、その人に兄弟がいなかったりしたらそっちへ行かなければいけなくなるでしょって言われて納得したんだ。


さて、イーノックカウに行くまでにやらなきゃいけないことの内、一つは終わったからもう一つの方に取り掛かろう。

「ロルフさんが今はもうなくなっちゃったって言ってたけど、賢者が10レベルになったんだから使えるはずだよね」

僕はどきどきしながらステータスを開き、7レベルから使えるようになる魔法の欄を確認する。

ジャンプ
転移魔法　必要魔力15

するとそこには、ちゃんと目的の魔法が載ってたんだ。

「あった！　ってことはジャンプが使えるってことだよね」

そう、僕がやらなきゃいけないと思っていたのはこのジャンプの魔法が使えるかどうかの確認だったんだ。

これは魔石を使って描く魔法陣を設置することで使えるようになる帰還型転移魔法で、今の僕のレベルだと3箇所まで飛ぶ場所を設定できるんだ。

今回みたいにイーノックカウまで行くなんてことはそうそうあるものじゃないでしょ。

この機会を逃すと転移用魔法陣をいつ設置しにいけるか解んないもん。

もし使えるようなら行くまでに実験をしておきたかったんだよね。

というわけで、早速村の入り口に魔法陣を設置してジャンプを使ってみよう！

そう思ったんだけど。

「あれ？　魔法陣ってどうやって書くんだろう？」

ジャンプの呪文は解る。

ドラゴン&マジック・オンラインの中で使った記憶があるし、なにより呪文自体がステータス画面で確認できたからね。

でもこれが魔法陣を描くとなると違ってくるんだ。

だってゲームの中での設置はボタン一つでできてたから、実際にその魔法陣を描いてたわけじゃないんだもん。

「もしかして失われたって言うのは魔法の呪文じゃなくて、この魔法陣の設置なのかも」

そう言えば誰でも使えるはずのお空を飛ぶ魔法、フライも紋章を刻む水晶がこの世界にはないから失われてるんだよね？

ならこのジャンプもそうなのかもしれない。

となるとテレポートもそうなのかなぁ？

あっちは予め飛ぶ場所に何かを設置する必要はない。

でも見えてる場所と違って遠くへ飛ぶためには魔法を選んだ後に、その場所を一覧から指定しなきゃいけなかったんだよね。

ならその一覧を出す方法が解んなかったら使えないってことだもん。

「これは困ったぞ」

ロルフさんが失われたって言ってたんだから、その魔法陣の描き方がどこかの本に載ってるなんてことはないと思う。

ならどうやっても調べようがないし、魔法陣を描けないなら使うことはできない。

それに気が付いた僕は、がっかりしながらステータス画面のジャンプの文字を見つめたんだよ。

「使えるって書いてあるのに……どうして魔法陣の描き方が書いてないんだよ！」

僕はちょっとだけ怒りながら、そのジャンプの文字を指で突《つっ》いたんだ。

そしたら。

「あれ？　画面が変わった」

どうやらもう一枚、更に魔法の詳しい説明が書かれたページがあったみたい。

僕がステータス画面に浮かんでたジャンプの文字を突いたことで、それが開かれたみたいなんだよね。

そしてそこには。

「魔法陣の作り方だ……」

そう、そこには魔法陣の設置のやり方が書いてあったんだ。

それによると魔法陣に使う魔石は何でもいいって訳じゃなくって、ある一定以上の魔力を含んだものじゃないとダメみたい。

「書かれている魔力量からすると……これくらいかなぁ」

鑑定解析で調べながら、魔石入れからちょっと大きめの魔石を一つ選んで取り出した。

それはこの間森に行った時に狩った、ブラックボアっていう魔物から取れた魔石。

そっか、たぶん7レベルくらいのパーティーがなんとか狩れるくらいの魔物から取れる魔石がこのジャンプの魔法陣には必要なんだね。

僕が持っている魔石の中に、ジャンプの魔法陣を描くために必要な魔力を含んだものがあって一安心。

ただこれ一つしか持ってないから、イーノックカウに行く前に村の入り口で実験するわけには行かなくなったのがちょっとだけ不安ではあるけどね。

でもステータス画面の説明に書いてあるんだから間違ってはいないはずでしょ。

それに実験はイーノックカウの近くでやってみて、成功したら改めて村の入り口の分も魔石を手に入れて設置すればいいだけだもん。

順番が逆になっちゃうけど両方に設置できればこれからはイーノックカウに簡単に行けるようになるんだから、やるだけやってみたらいいんじゃないかな。


さて、魔石も手に入ったことだし、次は魔法陣の描き方と設置方法だ。

というわけで、その先を読み進めることに。

どうやら予め魔石に魔法陣を刻んでおいて、それをジャンプ先に設定したい場所に投げれば魔法陣がそこに設置されるみたいだね。

「ああ、そういえばゲームの時も、魔法陣設置の時にそんなしぐさをしてたっけ」

なるほど、ここはドラゴン＆マジック・オンラインと同じじってわけか。

じゃあ魔法陣はどうやって魔石に刻むのかって話になるんだけど……。

「えっと。ああ、まずは属性魔石を作んないといけないのか」

どうやらまずは一度ジャンプを唱えて魔力の動きを覚えて、他の属性魔石を作る時と同じように変質させるんだって。

そしてその後、ステータス画面に載っている魔法陣を見ながら頭に浮かべて魔力を注ぎ込めば刻み込まれるみたい。

でもこれって錬金術が使えないと作れないんじゃないかなぁ？

それにステータス画面を見られない人は魔法陣が解らないから、最後の刻む作業もできないし。

う～ん、案外こういうところも、転移魔法が失われていった理由なのかもね。

ジャンプの魔法陣は知ってる誰かが描き起こせばいいのかもしれないけど、複雑すぎて僕にはとてもできそうにないもん。

きっと描ける人がいなくなっちゃったから、誰も使えなくなったんだろうなぁ。

そんなことを考えながら、取りあえず書かれてる通りやってみることに。

「ジャンプ」

力ある言葉を唱えて魔力の動きを確認してから、ブラックボアの魔石を錬金術でジャンプの魔力属性に変質させる。

その時ふと気になったので鑑定解析を使ってみたら、時空間属性の魔石ってでたんだ。

転移だから僕はてっきり空間の魔石になると思ったんだけど、瞬間的に移動するんだから時間も関係した属性なんだろうね。

でもまぁ、この魔法陣設置以外の使い方がまったく思い浮かばない魔石だし、さっさと魔法陣を刻んじゃおっと。

ステータス画面にある絵を見ながらでもいいんだから、魔石に魔法陣を刻み込むのに失敗なんかするはずがない。

ってことで僕は無事、中央に小さくて簡略化された魔法陣が浮かび上がるジャンプに必要な魔石を手に入れることができたんだ。

「あれ、馬車で行くの？」

週があけてイーノックカウに向かう日の朝、僕とお父さんは村の入り口にいた。

そしてそんな僕らの横にあるのは、前に行った時と同じ馬車。

これを見た僕は驚いたんだ。

だってさ。

「今回は錬金術ギルドに特許とか言うのを申し込みに行くだけなんでしょ？　それなら馬で行ったほうが早いんじゃないの？」

「確かにその通りなんだけどなぁ」

ただイーノックカウに向かうというだけなら馬車じゃなくって、馬に二人で乗っていくのが普通だもん。

これが何か売りに行くものがあるって言うのならともかく、今回は完全に手ぶらで行くことになるでしょ。

わざわざ馬車を引いていったら馬も大変だし、時間もかなりかかっちゃうんだよね。

それだけに、僕はてっきりお父さんの馬に乗せて行ってもらうんだって思ってたんだ。

「俺としてもそのつもりで鞍《くら》をつけてたんだ。でもシーラに、どうせイーノックカウまで行くのだから色々な物を、特にセリアナの実を買ってくるようにって言われたんだよ」

ああなるほど。

確かに折角遠出をするのなら日持ちのするものを買って来た方がいいと僕も思う。

それにお肌つるつるポーションだけじゃなく髪の毛つやつやポーションも作るとなると、セリアナの実をいっぱい買ってこないと村中に行き渡らないもんね。

まぁ僕としてもまだ一人では馬に乗れないから馬車で行くほうが楽だし、急いで帰ってくる用事があるわけでもないからこれでよかったのかも。

ところでこの世界では移動に馬をよく使うんだけど、でも前の世界とはちょっとだけ違う所があるんだ。それは基本、鐙《あぶみ》がついてないってこと。

鐙っていうのは馬に乗る時に足を置く馬具のことね。

これがあると馬に乗っている時に体が安定するし、ずっとひざで体を支える必要がなくなるから長い間馬に乗るのならかなり楽になると思うんだ。

でも、この世界では手綱や鞍はあるのに何故か鐙だけは生まれなかったみたいなんだよ。

それを知った僕は前にこう言うのをつけたら？　ってお父さんに聞いてみたんだよ。

そしたら、こんな答えが返ってきたんだ。

「それって乗る人によって長さを調節しないといけないんじゃないか？」

言われてみればその通りで、この世界では10歳くらいでもう馬に乗り始めるからもし鐙をつけるというのなら長さを調節できるようにしないとダメなんだよね。

でもそれをやろうと考えたら、お父さんが言う通り調節用の金具を手に入れなきゃいけなくなっちゃう。

「それに鞍さえ付けずに裸馬に乗っているところも多いんだぞ？　うちみたいな裕福な村や鍛冶屋が居る村ならともかく、そのままでも乗れている馬にそんな器具をつけるような物好きはいないんじゃないか？」

だからこう言われちゃったんだよね。

でもさぁ、鐙にはもう一つ利点があるんだ。

それは馬に乗って戦う時に、足を踏ん張れるから武器が安定するってこと。

特に弓を射る時はこれがあるとないとじゃ大違いなんだよね。

だからそれをお父さんに教えてあげたんだけど、

「馬に乗ったまま魔物と戦おうって言うのか？　それは流石に危ないだろう。とっさに飛びのけないような状況で魔物と対峙《たいじ》するなんて自殺行為だぞ」

って言われちゃった。

確かにそうだよね。

鐙が必要な戦いって人と人との戦争くらいだけど、魔法があるこの世界で武器を構えて突撃なんてやったら鉄砲隊に撃たれた武田騎馬軍団みたいになっちゃうもん。

この世界では人同士の戦いでも、楯を構えたり魔法で障壁を張ったりしてぶつかり合ってるんじゃないかなぁ？

だったら、馬に乗って戦争することもあんまり無いのかも。

こうして僕は、鐙なんて無くても何の問題も無いんだっていうお父さんの意見に賛同するしかなくなっちゃったんだ。


話がそれちゃったね。

村から出て数時間、僕たちは馬車に揺られてイーノックカウを目指してる。

でもこの馬車って、荷台は当然空だし帰りもそんなにいっぱい積んでくるほど物を買ってくるわけじゃないんだよね。

それなら折角錬金術ギルドに行くんだもん。

いろんなことを教えてもらったロルフさんにも食べてもらいたいから、最初に作った雲のお菓子を作る魔道具を持ってっていい？　ってお父さんに聞いてみたんだ。

これ一つしかなかったら持って行くわけにいかないけど、魔道リキッドで作るほうはお家に残してあるからいいよねって。

そしたら物は大きいけど重さ自体は僕でも持てるくらい軽いからいいよって言ってくれたから、後ろの荷台には少しのお砂糖とその魔道具だけが載っているんだ。

僕たちを乗せた馬車はごとごとと進む。

こうして途中の休憩の時に作った雲のお菓子を片手に、周りの景色を見ながらのゆったりした旅は特に大きな事件も無くイーノックカウを見下ろせる丘まで到達したんだ。

「ここから見ると、やっぱり大きな街だね」

「そうだな」

そこで最後の休憩をしながら、僕は眼下に広がるイーノックカウの周辺を見渡した。

なぜかって言うと、ジャンプの転移場所を決めるのに丁度いい場所が無いか探さないといけないから。

イーノックカウは中に入る時に審査があって、その時にお金も要るでしょ。

なのにそんな街の中に直接転移するのは流石にいけないことだよね？

だから僕は、イーノックカウまで歩いていけるような場所に転移の魔法陣を設置するつもりなんだ。

でも街道の真ん中や見通しのいい場所に設置するのはダメなんだよ。

いきなり人が現れたりしたら、通ってる人がびっくりしちゃうもん。

それにもし馬車を引いている馬が驚いて事故なんか起こしちゃったらもっと大変だよね。

だから街道から少しだけ離れている林のようなものが無いかなぁって思いながら門の周りを見てたんだ。

でも残念ながら林のようなものは見つからなかった。

多分イーノックカウ周辺の街道に野生の動物が住み着くと困るからって、そういう場所の木は全部切り倒しちゃったんじゃないかなぁ？

だって僕たちが居る丘を下った辺りまでは林のような場所が何箇所かあるのに、ある程度街に近くなるとまったく無くなってるんだもん。

自然にこんな場所ができるはずがないから、人の手が入っているとしか思えないよね。

困ったなぁ、これじゃあジャンプをする場所が作れないや。

そう思ってどこかにいい場所がないかなぁって考えてたんだけど、木がある程度かたまって生えている所はこの丘の麓辺りしかない。

でもここからイーノックカウはまだ馬車で1時間半くらいかかるし、そんな離れた場所にジャンプしても不便なだけなんだよね。

「ルディーン、そろそろ出発するぞ」

なんとかならないかなぁって思いながら、その後もキョロキョロとイーノックカウの辺りを見渡していたんだよ。

でも結局は時間切れになっちゃって、僕たちはまた馬車に揺られてイーノックカウへと向かったんだ。

そしてある程度街に近づき、門がかなり大きく見えてきた時のこと。

ふと街道横を見ると一本のすごく大きな木と、その下に屋根つきの休憩所みたいなものを作ってある場所があったんだ。

「お父さん、あれって何?」

「ん？　ああ、あれか。イーノックカウの閉門時間までに入れなかった人が、次の日の開門時間まで野宿する為の場所だな。ほら見てごらん。すぐ横に馬車を置いて野営ができるようになっている開けた場所と、石を使った簡単なかまどが作ってあるだろう。あんな場所がこのイーノックカウの4つの門それぞれに作ってあるんだぞ」

そっか、村と違ってこういう大きな街は夜になると門を閉めてしまうから、それに間に合わなかったら中に入れなくなっちゃう。だからそんな人たちが困らないように、こんな場所が作ってあるんだね。

教えてもらってからもう一度見てみると、大きな木の近くには馬をつなぐための木枠のようなものがあるし、小さなかまどが何箇所か作ってあるのが解った。

僕たちの村から一番近い門は帝都からの街道も繋がってるから、ここを利用する人もきっと多いんだろうね。

と、その時ひらめいたんだ。

ここを転移場所にすればいいんじゃないかな。

ここは野宿をする場所だから、昼間に人が居ることはほとんどないでしょ。

だってここはイーノックカウまでは歩いても10分もかからないくらい近いし、こんなところで休憩するくらいなら普通は門まで行ってしまうはずだからね。

「よし、ここにしよう！」

「ん？　どうしたんだルディーン。何かやるのか？」

「うん。新しく覚えた魔法を使ってみるんだよ」

お父さんにそう言って馬車を止めてもらい、僕は屋根のある休憩所のほうに駆けて行く。

でも行ってみるとそこはイスさえない、ホントに屋根だけがぽつんとあるだけの場所だったから、魔法陣を作ると転移してきた時に街道から丸見えになっちゃうんだよね。

「う～ん、ここに飛ぶと通りかかった人がびっくりしちゃうかも。やっぱり街道からは見えない位置じゃないとなぁ」

というわけで、もう一度周りをキョロキョロ。

そしたら休憩所の横に生えている、太くて大きな木が僕の目に留まったんだ。

そうだ！　あの木の道とは反対側に魔法陣を置けば、転移して出てきたところを見られても遊んでた子が木の陰から出てきたんだって思ってもらえるんじゃないかなぁ。

それでもちょっとはびっくりするかもしれないけど、いきなり何も無いところから出てくるよりはずっといいよね。

そんなわけで早速木のそばへ移動。

裏側に回って街道の方を見てみると、その場所は物凄く太い幹のおかげですぐ近くの街道からは見えなくなってたんだ。

少なくとも僕たちが乗ってきた馬車は見えないもん。

ここなら近くに人がいても、びっくりすることはあんまりないんじゃないかな。

うん、ここにしよう！

「じゃあ早速」

「何が早速なんだ？」

場所も決まったと言うことで僕が転移魔法陣を敷く為の魔石を取り出してそこに設置しようとしたんだよ。

そしたら後ろから急に、お父さんから声を掛けられたんだ。

どうやら僕がやってることをずっと近くで見てたらしいんだけど、何をやってるかまでは解んなかったみたい。

で、僕が魔法陣を敷く場所を決めたのを見て、とりあえず何かをする前に声を掛けたそうなんだ。

もし危ない事をやろうとしてたら困るからって。

でもそれならそうと初めから言ってくれたらいいのに。

いきなりだったから僕、びっくりして魔石を落としそうになっちゃったんだよ。

もう！　大人なのにダメだなぁ。

声を掛ける時はびっくりさせないようにちゃんと相手のことを考えなさいって、いつもお母さんが言ってるでしょ。

「お父さん、さっき教えたでしょ。新しく覚えた魔法を試してみるんだよ」

「ああそれは聞いた。でもどんな魔法なんだ？　攻撃魔法とかだったら、ここはもうイーノックカウにかなり近いから下手な方向に向かって撃つと憲兵が飛んでくるぞ」

ああ、そっか。

お父さんは僕が魔法を試すとだけ言ったもんだから、そんな心配をしてたんだね。

でもさぁ、いくらなんでもこんな所で攻撃魔法の練習を始めるわけないじゃないか。

「お父さん、そんな心配してたの？　そんなの村の近くでやればいいんだから、こんなとこまで来てやらないよ」

「そうなのか。じゃあ何の魔法なんだ？」

お父さんは魔法のことをあまり知らないし、説明しても解ってもらえるかなぁ？

うん、ここはやっぱり実際に見せたほうが早いよね。

「どう言ったらいいか解んないから、そこで見ててよ」

そう言うとさっき取り出した魔法陣設置用の魔石を木の近くに、ぽいって放り投げた。

するとその魔石が地面に落ちると同時に、その場所を中心にして赤く光る複雑な記号がびっしりと描かれた魔法陣がパァーって広がって行ったんだ。

「おお、これは凄いな。でも何の意味があるんだ、これ？」

それを見てたお父さんはびっくり。

でもその魔法陣はある一定の大きさまで広がると、光の粒になって消えちゃったんだ。

お父さんからすると見ていれば解るみたいなことを言われたのに、何の魔法を使ったのか解らなかったからちょっと不満そう。

うん、解んなくても仕方ないよね。

だってこれは下準備なんだから。

「今のは魔法じゃないよ。これから使うのが実験したかった魔法なんだ。それじゃあ使ってみせるからそこで見ててね」

僕はそう言うと、お父さんから魔法陣も僕の姿も両方見える少し離れた場所まで走って移動した。

そして。

「ジャンプ」

体に魔力を循環させて力のある言葉を口にしたんだよ。

そしたらステータス画面と同じようなものが目の前に開いたんだ。

そこには３本の線が引かれていて、その一番上の線の上には《イーノックカウ西野営地》の文字が。

多分これはジャンプをする時の目的地を選ぶ項目なんだと思う。

というわけでそれを指定してやると、僕の視界は一瞬にして違うものになったんだ。

「うをっ！　ルディーン、今のは一体？」

「やった！　ジャンプの魔法、成功だ！」

こうしてお父さんが驚きの声をあげる横で僕は一人、無事ジャンプの魔法が成功したのをぴょんぴょんと飛び跳ねながら喜んでたんだ。

「えっと。つまりルディーンは、これからはいつでもこの場所に魔法で一瞬で来られるようになったってことか？」

「うん、そうだよ」

一通り喜んだ後、お父さんに何がどうなってるのか説明しろって言われたんだよ。

だから僕、ジャンプって言う魔法を使って転移したんだって教えてあげたんだ。

「なるほど、それは凄いな。じゃあ村にも一瞬で帰れるのか？」

「ううん、それはまだ無理。だってジャンプで転移するには、さっき放り投げた魔法陣を刻んだ魔石がいるもん。あれはまだ一個しかないから、ここにしか飛べないんだ」

「そうか。もし村にも一瞬で行けるのなら、これから急に欲しいものができた時にルディーンに買ってきてもらえるのになぁって思ったんだが」

そうだよね。

魔法陣を刻める魔石がもう一つあったら、来る前に村にも魔法陣を設置してたと思う。

その後ここグランリルの村、そのどっちにもちゃんと飛べるか実験をして、僕もお父さんにこれからはいつでも簡単に買い物に来れるねって言ってたと思うんだ。

「うん、僕もそのつもりでここに魔法陣を置いたんだよ。でね、今度手に入ったらうちの庭にも設置するつもりなんだ。そしたら行って帰って来られるようになるからね」

「なるほど。でも特殊な魔石なんだろ？　簡単に手に入るのか？」

「そうだなぁ、今度森に連れて行ってあげるよってお兄ちゃんとお姉ちゃんが約束してくれたから、その時にいたら狩って来ようって思ってるんだけど」

僕のお話を聞いて、ちょっと不思議そうなお顔をするお父さん。

ん？　何で不思議そうなんだろう？

僕、なんかおかしなこと言ったかなぁ？

「ルディーン、その魔石ってグランリル近くの森でも取れるものなのか？」

「さっきの魔法陣が刻まれた魔石のこと？　ううん、あれは錬金術とか魔法とかを使って作る物だから、森では取れないよ。取れるのはあれに加工する前の魔石」

「……それは、その魔石を落とすのは、そんなに簡単に狩れる魔物なのか？」

「う～ん、僕一人だとまだ無理だろうけど、お兄ちゃんやお姉ちゃんがいれば多分大丈夫だと思うよ。だってブラックボアは、お兄ちゃんたちのパーティーが森で偶然出会った時に、なんとかやっつけることができたって前に言ってたもん。僕の魔法で弱らせれば多分大丈夫」

この間より僕のレベルがかなり上がってるから、ちゃんと不意打ちで頭を狙い撃ちにすることができれば多分やっつけられると思うんだよ。

でも、もしかするとマジックミサイル一発でやっつけられないかもしれないでしょ。

その時は弱ったところを、お兄ちゃんやお姉ちゃんと協力してやっつければいいもん。

だからお兄ちゃんたちと一緒なら大丈夫だとは思うんだよね。

それをお父さんに話すと、ちょっとあきれたお顔でこう言われたんだ。

「ブラックボアの魔石？　その程度の物でいいのか？　ならなぜ早く言わなかったんだ」

その程度の魔石でいいならお父さんたちのパーティーが安全に狩れるレベルの魔物から取れるんだから、うちにもいっぱいあったんだって。

「まぁ前回イーノックカウで売ってしまったから何十個もあるわけじゃないけど、三つ四つなら倉庫に転がってると思うぞ」

そういえば、そっか！

お父さんたちはブラウンボアさえ狩るんだから、ブラックボアの魔石くらいなら持っていてもおかしくないよね。

そんなわけで、僕は家に帰ったらその魔石を一つ貰えることになったんだ。

よし、これでいつでもイーノックカウに来ることができるぞ！

お父さんからの提案に、僕はホクホク顔で馬車に揺られながらイーノックカウへと向かったんだ。

番外編1　仲のいい姉弟と治癒魔法

これは私、シーラの子供、ルディーンがまだ4歳だったころだったかな？

「ルディーン、はやくはやく！」

「まってよ、おねえちゃん」

今日もキャリーナとルディーンは仲良しだ。

夕食前に毎日ルディーンがヒルダたちを魔法で癒しているのを見て、魔法に興味を持った様子のキャリーナ。

あの子が魔法を教えてって頼んだのがきっかけで、お昼ごはんを食べるとああして毎日二人して出かけるようになったのよね。

でも文字を覚えるのが早かったり、自分で本を読んで魔法が使えるようになるほど頭のいいルディーンと違って、キャリーナはどちらかと言うと私たちに似て体を動かす方が向いてるのよねぇ。

「教えてもらうのはいいけど、本当に使えるようになるのかしら？」

ルディーンの魔法を見て目をキラキラとさせていたキャリーナのことを思うと、もし使えるようにならなかった時はとても悲しむのではないかとかなり心配だったのよねぇ。

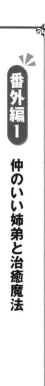

ところがそれは取り越し苦労だったようで。

「ヒルダねえちゃん。きょうはわたしがなおしたげる！」

「あら、キャリーナも魔法が使えるようになったの？」

「うん！　でもおけがをなおすまほうはね、まだうまくできないからルディーンにおしえてもらいながらだけどね」

昨日までルディーンが一人でやっていた、武器の練習でできた傷のケアをキャリーナも一緒にやるようになっていたのよ。

でもあのキャリーナがねぇ。何事もこつこつとやるルディーンと違ってあの子は飽きっぽいところがあるのに、よく覚えられたわね。

「魔法って習得するのが大変だって聞いてたけど、案外簡単なのかしら？」

ルディーンに教えてもらいながら楽しそうに魔法を使っているキャリーナを見ていると、つい私も魔法を覚えてみようかしら？　なんて考えてしまった。

いけないい、いけない。

適性はともかく、キャリーナくらいの歳なら色々なことをすぐに吸収するから使えるようになっただけかもしれないいもの。

簡単そうだから私もなんて思って、もし覚えられなかったら恥をかくだけだわ。

そう思った私は、この欲望を封印することにした。

それから数日たった今も、毎日のケアは二人で担当している。

でも一つだけ変わったところがあるのよね。

それはキャリーナがルディーンに教えてもらわなくても、一人で治癒魔法を使えるようになったということ。

「きゅあ！　はい、なおったよ」

「ありがとう、キャリーナ。いつもありがとうね」

魔法で指先をケアしてもらったヒルダに頭を撫でられながらお礼を言われて、キャリーナは嬉しそうだ。

そしてルディーンも、二人のお兄ちゃんたちの剣の練習時に出来たマメや、軽い打ち身を治してあげているみたい。

でもこの頃あの二人はルディーンの魔法をあてにしてか、ちょっと無茶な練習をしているようなのよね。

調子に乗って怪我をしないといいんだけど。

そんな心配は現実のこととなる。

とはいっても骨折したり、ましてや腕を切り落としたりしたわけではないのよ。

二人で模擬戦をして練習をしている時に、テオドルの剣をディックが楯で受け損なって額に大きな切り傷を作ってしまったの。

「おにいちゃんが、おにいちゃんがしんじゃう！」

「うわぁ～ん」

「ぐすっ。きゅあ、きゅあ、きゅぅ～あ」

その日、ご近所の奥さんたちとの会合で家を空けていると、そこにディックが大怪我をしたってヒルダが飛び込んできたのよ。

それを聞いて物凄く驚いた私が大慌てで家に帰ると、ディックが額から血を流していて、それに縋《すが》りつくようにレーアとキャリーナが泣いていたの。

でもその横ではルディーンが目に涙をいっぱい溜めながらも、泣き出すことなく何度も治癒の魔法をかけてくれていたのよ。

うん、流石男の子。

普段は泣き虫さんだけど、こういう時は頼りになるわね。

私の見立てでは、ディックの怪我も切れた場所が額だったから血がいっぱい出てただけで傷が深いわけでもない。

その血もルディーンのおかげで、もう止まっているみたいだったから一安心。

そして残っていた傷も、テオドルが大急ぎで連れてきてくれた村の司祭様の魔法で、痕も残さず綺麗さっぱり消えてしまったわ。

「ルディーン君、偉かったのぉ。魔法というものは心が乱れると中々うまく発動できないものなのだが、お前さんが頑張ってくれたおかげでお兄さんはあまり血を流さずにすんだようだな」

「ぐすっ、ぼく、まえにおててをすりむいたときに、きゅあをいちどかけただけでなおんなかったんだ。でもなんどかかけたらなおったから、ディックにいちゃんもいっぱいかけたらなおるっておもって、がんばったんだよ」

治療を終えた司祭様からディックの怪我を見ても泣かずに魔法で治そうとしたことをほめられたルディーンは、半べそをかきながらも得意そうに過去の経験を語っていた。

そうか。

ルディーンは自分にできた怪我を治した経験があったから、今回もきちんと魔法をかけることができたのね。

でもレーアやキャリーナはただ泣いてすがる事しかできなかったのに、いつもは兄弟の中で一番の泣き虫なルディーンが泣かずに頑張ったのは本当に偉かったわ。

私も後で、ちゃんとほめてあげないといけないわね。

番外編2 お姉ちゃんすごい！　って言ってもらえた日

これはまだルディーンが4歳だったころのお話。

私、キャリーナはふと思ったの。

「ねぇ、ルディーン。まほうって、おけがなおすのとあかりをつけるの、ふたつしかないの？」

「ううん。ほかにもあるよ。でも、まだつかえないのばっかりだけど」

毎日お姉ちゃんたちの荒れた指先をキュアって魔法で治して練習してるけど、そろそろ他の魔法も使ってみたいのよね。

だから思い切ってルディーンに聞いてみたんだけど、こんな答えが返って来たんだ。

ルディーンが言うには魔法の塊を飛ばす攻撃魔法のマジックみちゃいる、じゃなかった、ミサイルってのが一応使えるらしいのよ。

だけど、もし魔法が成功しても小石を持って投げた方が強いくらいなんだって。

「あとね、おばけをやっつけるのとか、あいてをねかせちゃうってのとかもあるんだけど」

「ねかせちゃうの？　すごぉい！　わたし、それおぼえたい！」

相手を眠らせてしまう魔法があったら、とっても便利だもん。

だから私はそれを教えてって言ったんだ。

でも、ルディーンはダメって言うの。

「だって、つかえるってだけで、ぜったいかかんないもん」

「どうして？」

「まほうはね、まりょくのつよさでうまくつかえるかどうか、きまるんだ。ぼくやおねえちゃんだと、まだライトもあんまりつよくひからないし、おけがもうまくなおんないでしょ？　だから、ねないぞっておもってるあいてにかけても、ぜったいかかんないんだ」

ルディーンが言うには、相手もいきなり寝かされちゃったら困るからって頑張るから私たちの魔力では掛かんないんだって。

それを聞いた私は引き下がるしかなかったんだ。

「そっか、じゃあほかには？　ほかはなんかないの？」

「ほかかぁ」

ルディーンはそう言うと、ちょっとの間、何もないところを見ながら人差し指をちょこちょこ動かしてたんだ。

これはルディーンが考え事をする時の癖みたい。

だって一人でいる時もよくやってるし、これをやってるといつもその後、何かに気付いたみたいに新しいこと始めるからね。

それからしばらく考えた後、こう言ったんだ。

「やっぱりまじっくみちゃい……みしゃ、み・さ・い・るってのが、いちばんいいみたいだよ」

「さっきいってた、いしをなげるよりもよわいってまほう？　そっか、いちどそれおしえて。やってみるから」

ルディーンは小石を投げるよりも弱いって言ってるけど、私の方がルディーンよりお姉さんなんだもん。

もしかしたらルディーンよりうまく使えるかもしれないでしょ。

というわけで、いつもの村の資材置き場に移動。

その攻撃魔法を教えてもらうことにしたんだ。

「つかいかたは、おけがをなおすまほうとおんなじだよ。まりょくをからだにじゅんかんさせて、あれにむかってまじっくみちゃ……じゅもんをいえばいいんだ」

ルディーンは資材置き場にあった薪《まき》の一本を持ってきて、それをちょっと離れた所に置くと私にそう言ったんだ。

ルディーンって、マジックミサイルってはっきり言えないんだよ。

もしかすると、だから使っても石を投げるより弱いのかもしれないね。

そう思いながら私はキュアを使う時みたいに体に魔力を循環させる。

「マジックミサイル！」

そして右手の人差し指で薪を指差しながら、大きな声で呪文を唱えたんだ。

なんとなく、そうすると魔法がうまく当たるような気がしたからね。

すると体に流れていた魔力が指先に集まったような感じがして。

コン。

指先から出た光の粒が飛んでいくと、薪に命中したんだ。

ただ、ルディーンが言うように小石くらいの威力だったけど……。

「おねえちゃん、すごいや！　ちゃんとあたったし、こいしをなげたときくらいつよかったよ！」

それを見て私はちょっとがっかりしたんだけど、横で見ていたルディーンは大興奮。

そんなルディーンに何でって聞いてみたら。

「だって、ぼくがこのまほうにちょうせんすると、ちゃんとまほうがつかえたときでも、こいしをなげるよりよわかったもん。なのにおねえちゃんは、あたったらちゃんとコンっていったし、まきもたおれてるでしょ？　すごいや！」

こんな答えが返って来たんだ。

そっか。

自分が思ってたのより弱かったけど、あれでもルディーンより強い魔法が撃ててたんだ。

まだルディーンより魔法を撃つまでの時間はかかっちゃうし、マジックミサイルの威力もすごく弱かったけど……。

私は初めて魔法でルディーンに勝つことができて、ちょっとだけ嬉しかったんだ。

番外編3 クリスマスケーキが作りたかったのに

あれはルディーンが7歳の頃だったかなぁ。

「ふんふんふぅ〜ん、ふんふんふぅ〜ん」

私、レーアの横で、ルディーンがなんか楽しそうに歌いながら作業をしてる。

だからなにそれ？　って聞いてみたら、外国のお祭りの歌だって教えてくれた。

ルディーンは色々と変なことを知ってるのよね。

まぁそれはいつも図書館で本を読んでるからだと思うんだけど。

かくいう今も私たちは、ルディーンが図書館で仕入れてきた物を作ってるんだけどね。

それは今朝のことだ。

「レーアねえちゃん。けーき、けーきつくろ！」

「けえき？　なによ、それ？」

「あのね、あまくてふわふわのおかしだよ」

ルディーンが言うには、図書館にある本の中からお菓子の作り方が書いてあるものが見つかったそうなのよ。

「お菓子かぁ。でもなんで私なの？　お母さんに言えばいいじゃない」

「おかあさんにも、いったよ！　でもさぁ、もうすぐあたらしいとしになるでしょ？　だからレーアねえちゃんに、いいなさいって」

なるほど。

そう言えばこの時期は年越しで休むために森に入って獲物を獲ってきたり、料理の作り置きをしないといけないいんだっけ。

その作業で忙しいから、お母さんはルディーンを私のところに寄越したのね。

「解ったわ。でもルディーン。私もお母さんの手伝いはしてるけど、あまり料理はしたこと無いからうまくできるかどうか解らないわよ」

「だいじょうぶだよ！　そのためのどうぐもつくったから」

道具？　お菓子を作るのよね？

家には調理に必要な道具が一通りそろってるはずだ。

なら何を作ったと言うんだろう？

そう思いながらルディーンに手を引かれて調理場に行くと、机の上に見慣れない道具が置かれていた。

「えっと、これって？」

「あわだてきだよ！　これがあれば、らくちんなんだ」

あわだてき？

それがなんなのかは解らないけど、ルディーンが作った変な物って事は多分魔道具ね。

ルディーンは6歳くらいから魔道具というものに興味を持ち出して、簡単な物を作り出し始めたんだ。

初めの頃はただ羽根がくるくる回るだけの物を作っては、キャリーナと二人でそれを見ながらけらけらと笑ってたのよ。

けどつい先日、ついに役に立つ魔道具を作り出したのよね。

それは台車に回転する小さな鎌を取り付けた草刈機だ。

これは本当に便利なもので、今まであった草刈機と違って刃がむき出しになってないから安全に作業ができるのよ。

どうやらルディーンは自分が庭の草むしりが楽になるようにって作ったみたいなんだけど、それに目をつけたのが近所の大人たち。

それからはずっとその台車式草刈機を作らされたもんだから、今まで以上に大変になっちゃったのよね。

そして目の前には、またも怪しげな魔道具が。

この子は懲りるということを知らないのかしら？

私はそう思いながらその魔道具を見ていたんだけど。

「あっ！　レーアねえちゃん。これのことは、ないしょね。まだおかあさんしか、しらないんだから」

あら、これはみんなには秘密なのね。

どうやら先日の騒ぎはルディーンを成長させていたらしい。

素直なところは可愛くていいんだけど、考え無しでは困るからね。

「内緒にするのね？　うん、解ったわ。で、それは何に使う魔道具なの？」

「さっきもいったでしょ？　あわだてき。あわをたてるんだ」

？？？

あわをたてる？　ああ、泡を立てるか。

でも泡って石鹸を使うと出るあれよね？

それと料理がどう繋がるのかしら。

そう思った私が不思議そうな顔をしていると。

「もう！　おねえちゃんなのに、こまっちゃうなぁ」

ルディーンが実際に使い方を見せてくれたのよ。

「たまごをね、こうして」

そう言いながら卵をボウルに割り入れ……盛大にやらかして殻が入りまくってるけど、助けなくていいの？

えっ、自分でやるから見ててって？

そう、解ったわ。

なんとか頑張って卵を四つボウルに割り入れると、いよいよさっきの魔道具の登場だ。

ルディーンは魔道具に取り付けられた、曲がった3本の銅線を組み合わせて作られたものをボウルの中に入った卵に浸すと。

「すいっち、おん！」

そんな掛け声とともに、魔道具を起動した。

するとその銅線がくるくると回り始めたのよね。

そして冒頭のシーンに繋がるってわけ。

鼻歌交じりでくるくる回る魔道具をつかって、楽しそうに卵をかき回すルディーン。

なるほど、あれは卵を溶くのを楽にする道具なのか。

卵の白身を綺麗に切るのって大変なのよね。

でも、あれがあれば確かに楽そうだわ。

そう思いながら見てたんだけど、十分に白身が切れた後もなぜかルディーンはその作業を続けたのよね。

「ルディーン。もうそれくらいでいいんじゃない？　白身は完全に切れてるし、黄身ともしっかり混ざってるわよ」

「ちがうよ、おねえちゃん。あわをたてるって、いったじゃないか！」

だからそろそろいいんじゃない？　って声をかけたんだけど、こう言われちゃったの。

そういえば確かに、ルディーンは泡を立てるって言ってたっけ。

よく解らないけどこの作業がそれなんだろうなぁと思って見ていたら、驚くことにだんだんと卵が固まってきたのよ。

その姿は確かに石鹸で作った泡みたいで。

「そっか、泡立てるって、こういうことだったのね」

「だから、そういってるでしょ」

ルディーンのやりたいことは解ったわ。

でもこれを、どうするんだろう？

そう思ってるとルディーンは泡だて器とやらを使うのをやめて、調理場においてあったつぼを取り出した。

確かあれって。

「ルディーン、お砂糖を使うの？」

「うん。あまいおかしだからね」

どうやらお母さんには許可を取っているみたいで、つぼの中から結構な量のお砂糖を泡立った卵に入れていく。

そしてつぼを置いたかと思ったら、また泡だて器を使ってかき混ぜ始めたんだ。

「レーアねえちゃん。これ、もうすぐできるから、こむぎこをおさじで3ばいぶん、ふるっておいて」

「小麦粉を振るうって、パンでも作るの？」

「だから！　おかしをつくるって、いってるじゃないか」

う〜ん、どうやらルディーンが作っているものには小麦粉も入れるみたい。

でもパンを作る時は生地を寝かさないといけないんだけど、どうするつもりなのかな。

そんなことを考えながらも新しいボウルの中に粉を振るい入れ、それを再度新しいボウルに振るいなおす。

これは二度やらないと後でだまになったりするから、面倒だなぁって思ってもきちんとやっておかないといけないそうなんだ。

「おねえちゃん、ふるった？　ならこのたまごにいれて」

丁度二度目を振るい終わった時にルディーンから言われたので、そのまま卵の中へ。

「これもその魔道具でかきませるの？」

「ううん。これはへらでまぜないとだめなんだよ」

そう言いながら取り出した木べらを使って卵と小麦粉を一生懸命混ぜようとするんだけど、ルディーンの小さな手ではうまく混ざらないみたい。

「おねえちゃん、やって」

私はしばらくの間その様子を微笑ましく見ていたんだけど、どうやら自分では無理だって解ったみたいでルディーンは私にヘラを渡してきたんだ。

それも上目遣いで頼んできたものだから、私はその可愛らしさに心の中で悶絶。

よしよし、お姉ちゃん頑張っちゃうからね！

ルディーンからはゆっくりと、泡をつぶさないように混ぜてねって言われたから慎重に、でもできる限り手早くやって行く。

お母さんのお手伝いでパンを作った時に言われたんだけど、あんまりゆっくりやってると失敗しちゃうことがあるらしいからね。

そしてできあがった生地を受け取ると、ルディーンは干した果物をその中に入れて行く。

そっか、そう言えば干した葡萄《ぶどう》を入れるとなぜか長い間寝かせた時みたいに生地が膨らむと聞いたことがあるわ。

だからこれを入れて早く生地を膨らませるつもりなのね。

なんて思っていたんだけど。

「おねえちゃん、おなべでおゆ、わかして」

生地が膨らむのを待たずに、こんなことを言いだしたのよ。

えっと、これって生地を寝かせるんじゃないの？

そうは思っているんだけど、ルディーンは図書館で本を調べてきたんだから間違ってるなんてことは無いよね？

そう思った私は、指示に従って鍋の半分よりちょい下までの水を入れて火にかけたんだ。

「ほんとは、おーぶんがあるといいんだけどなぁ」

ルディーンはそんなことを言いながら、さっき作った生地を小さな器に入れていく。

そしてお湯が沸くと、なぜか鍋の中にお湯から顔を出すくらいの石を何個か入れてその上に小さな穴がいっぱい開いている銅でできた板を設置。

最後に生地を入れた器をその板の上に並べて置いてから、鍋に布をかけたの。

「これで20ぷんくらいすれば、できるはずだよ」

えっと、本当にこれでいいの？　なんて思いながら20分後。

「何これ!?　すごくおいしい！」

ふわっとした甘いパンができあがったものだからびっくり。

時間もおいてないから生地は膨らまないはずよね？

なのにこのやわらかさって。

私はその初めての食感のお菓子に、ひたすら感心したのよ。

ただ。

「やっぱりふくらしこがないと、だめかぁ」

なぜかルディーンは気に入らなかったみたいだけど。

ふくらしこ？　って何だろう。

それがあればこれ、もっとおいしくなるのかなぁ？

特別書き下ろし

僕はスティナちゃんのお兄ちゃん

これは私、ヒルダの末の弟であるルディーンが6歳から7歳のころにあったお話。

「こんにちわ！」

また今日もルディーンがやって来た。

あの子、このごろはうちにほぼ毎日来ているのよね。

「ヒルダねえちゃん、あかちゃんみていい？」

「いいわよ」

そしていつものように私の産んだ子供、スティナの顔を覗き込む。

「わらった！　かぁいいね」

末っ子だから、自分より下の子が珍しいんだろうね。

ルディーンはかなり変わっていて本に興味を持ったり魔道具を作ったりと、どちらかというと体を動かすのが好きな私たち兄弟姉妹の中で唯一知的な部分の多い子だ。

それだけに、このまま成長したら私たちでは会話ができないような子に育つんじゃないかと少し心配していたんだけど。

「あの姿を見ていると、やっぱりかわいい弟よね」

いつも、ちょっと難しいことを考えているルディーン。

でもスティナの顔をニコニコしながら覗き込んでいる姿はとても幼く、年相応に可愛らしかったわ。

それからしばらくして、スティナが自分一人で動けるようになったころのこと。

「わぁ！」

遊んでくれると言っていたのでちょっと目を離すと、二人の居る部屋からルディーンの叫び声が。

だから慌てて見に行ったんだけど。

「あれって、結構痛いのよねぇ」

そこにはスティナが高速ハイハイでルディーンに突っ込んでいる姿が。

まだ1歳にも満たないのに、本当にすごい速さで突っ込んでくるのよ。

それも頭から私のすねに向かって。

大人の私でもよろめくくらいの勢いなのだから、小さなルディーンが耐えられるはずがないもの。

突っ込んでくるスティナを受け止めようとして失敗。

ルディーンはまだ6歳で、その上同じくらいの子の中でも小さい方ですもの。

あの衝撃に耐えられるはずもなく、その度に後ろにこてんと倒れてしまっているわ。

だから少し心配にはなったのだけど……うん、それは杞憂みたいね。

「スティナちゃん、すごぉーい！」

スティナが怪我をしないように抱きかかえた格好で転がりながら、楽しそうにけらけら笑ってるわ。


また別のある日。

「おにいちゃんだよ。お・に・い・ち・ゃ・ん」

「ちゃ！」

ルディーンたら、スティナにお兄ちゃんって呼んで欲しいみたいね。

ルディーンにとっては、唯一自分より小さい身内。

そんなスティナが相手だから、お兄さんぶりたいのだろう。

でもね、流石に無理だと思うわよ。

だってまだしゃべれないもの。

それでも一生懸命教えようとしているルディーン。

「さいしよは、お、だよ。お！」

「お」

「あっ、いえた！　ヒルダねえちゃん、スティナちゃんがおっていえた！」

「うふふっ、そうね」

スティナが発したたった一言に、両手を上げて喜ぶルディーン。

でもね、それはきっとたまたまよ。

だってほら。

「つぎはに！　スティナちゃん、に」

「だー」

「だ、じゃないってばぁ」

スティナ自身、よく解ってないのでしょうね。

何かしゃべると、そのたびにルディーンが反応してくれる。

それが楽しくてキャッキャと笑っているもの。

「もう！　じゃあ、さいしょからね。スティナちゃん、お」

「ぶー」

「ぶ、じゃないってば！」

情けない顔のルディーンと、小さな手を叩きながら喜ぶスティナ。

ああ、今日も平和だわ。


ぺしぺし。

「スティナちゃん、なんでたたくの？」

いつものようにお部屋で遊んでいた二人。

ちょっと目を離したら、なぜかスティナがルディーンのことを叩いていたのよ。

どうやらご機嫌ななめのようだけど、なにかあったのかしら？

「どうしたの？」

「わかんない。スティナちゃんが、きゅうにぶってきたんだ」

「だぁー」

ぺしぺし。

だからどうしたのって聞いてみたんだけど、叩かれているルディーンにも理由が解らないみたい。

でも相手は赤ちゃんですもの。

ちょっとしたことで、すぐにご機嫌ななめになってしまう。

「ぼく、スティナちゃんにきらわれちゃったのかなぁ？」

「あら、そんなことないわよ」

いつまでもぺしぺしと叩いてくるスティナを見て、ルディーンはちょっと心配になったようね。

でも、こんなのはいつものこと。

ちょっとしたら飽きて、またにこにこと笑いだすに決まっているわ。

「今はちょっとご機嫌ななめだけど、これはきっとルディーンに甘えているだけよ」

「そうなの？」

ぺしぺし。

スティナに叩かれながら、情けない顔をするルディーン。

仕方がない、ちょっと手助けしてやるとするかな。

「こんな時はね」

私はそう言うと、ルディーンを叩いているスティナをひょいっと持ち上げる。

「スティナちゃん。何でルディーンを叩いてるのかなぁ？」

そして体を軽くゆすりながら、顔を近づけてにっこり。

するとスティナもつられて、キャッキャと笑い出した。

「スティナちゃんがわらった！　すごいや、ヒルダねえちゃん」

さっきまであんなにご機嫌ななめだったのに、ちょっとあやしただけで笑ったものだからルディーンはびっくり。

私の周りをぐるぐる回りながら、すごいすごいって大騒ぎだ。

「これでも、スティナのお母さんだからね」

「そっか、おかあさんだからか」

そんな私のよく解らない説明に、ルディーンは感心したようにうんうんと頷いていたわ。


そしてさらに時が進み、スティナがはじめての誕生日を迎えるころ。

「ヒルダねえちゃん。たいへんだ！　スティナちゃんが」

ルディーンの慌てたような声を聞いて、私は何事かと二人がいる部屋へと急いだ。

するとそこには。

「スティナちゃんがあるいた！　ヒルダねえちゃん、スティナちゃんがあるいてるよ」

二、三歩歩くたびにこてんと転がってはしまうものの、確かに歩いているスティナの姿がそこにあったのよ。
でもね。

「うん、知ってる」

「えー、なんでびっくりしないの？　スティナちゃんがあるいたんだよ」

「だってスティナが初めて歩いたところ、私見てるもの」

実はスティナが歩いたのって、今日が初めてじゃないのよね。

気が向かないと歩く練習をしないからルディーンは知らなかったみたいだけど、実は10日ほど前からちょっとずつ一人で歩いてはいたんだ。

「ぼくのまえではじめてあるいてくれたとおもったのに」

「あら、流石にそれは親の前じゃないと悲しいわよ」

うちの旦那は、狩りに出ていてその場面を見逃したから悔しがっていたけどね。

「でも、こんなに何度も歩く練習をするのは珍しいわね」

「そうなの？」

「ええ。いつもなら、数回転がっただけで止めてしまうもの」

もしかしたらスティナも、ルディーンに歩くところを見て欲しかったのかしら？

「っしょ」

とてとて。

こてん。

「わっ、スティナちゃん！」

二人でお話ししている間に、またスティナが数歩歩いてこてんと転がったみたいね。

それを見たルディーンは大慌てでスティナのところへ。

でもちゃんと歩けるようになった子供と違って、転がると言っても腰砕けのようになるだけですもの。

ばたんと倒れるわけじゃないから、ケガをすることもないでしょ。

そんなに焦って助けに行かなくてもいいのに。

「スティナちゃん、だいじょうぶ？」

「やっ！」

ぺしぺし。

あらあら、スティナは一人で立ちたかったみたいね。

「スティナちゃん、なんでたたくの？」

叩かれて情けない顔をするルディーン。

その姿が何とも微笑ましく思えてしまうわね。

そしてさらに半年ほどたったある日のこと。

パンパン。

「んまっさん！」

「そう。これは、おうまさんのえだね」

図書館から借りて来たのかしら？

いつものお部屋の中には、大きな絵が描かれた本をスティナに見せてあげているルディーンの姿が。

「あら、スティナに本を読んであげてるの？」

「うん！　おじさんがあたらしいえほんをかってきてくれたから、スティナちゃんとみてるんだよ」

司書のリュアンさん、ルディーンがかわいくて仕方がないのでしょうね。

うちの村は狩りの成果でお金だけはあるから、図書館なんてものがあるのよ。

でも本に興味がある人なんて誰もいないから、ほぼ開店休業状態。

そこに本好きのルディーンが現れたから、嬉しくてしょうがないんでしょうね。

ルディーンのために、よく新しい本を仕入れてくれているらしいわ。

「スティナに読んであげてるのね。ありがとう」

まだ文字なんて読めないけど、自分のために買ってきてもらった本を借りてきてわざわざ読み聞かせてくれているんだもの。

スティナのためにありがとうねとお礼を言ったら、ルディーンはにっこり笑って得意そうに言ったのよ。

「ぼく、スティナちゃんのおにいちゃんだもん。あたりまえだよ！」

お兄ちゃんか。

きっとこの先、スティナには弟か妹が生まれると思う。

でも、長女のスティナには兄や姉ができることはけしてないのよね。

「そう、ルディーンがスティナのお兄ちゃんになってくれるのね」

ルディーンはこの村に住む者にしてはめずらしい、いろいろなことに興味を持つ賢い子ですもの。

スティナの兄になってくれるというのなら、それはきっととてもいいことなのだろう。

「それじゃあこれからも、いろいろなことをスティナに教えてあげてね」

「うん！　ほかにもいろんなごほんがあるから、これからもスティナちゃんにいっぱいよんであげるんだ」

そう言ってニッコリ笑うルディーン。

成長した後、この二人がどんな関係になるのかはまだ解らない。

でも小さい頃だけでもいいから仲良くしてくれたらいいなぁと、にっこり笑うルディーンの顔を見ながらそう思ったのよ。

あとがき

『転生したけど0レベル』2巻を手に取ってくださってありがとうございます。

著者の杉田もあいです。


1巻はルディーン君やその家族の紹介がメインのような感じだったこの物語も、2巻になってようやく動き出しました。

魔法で貴重な鳥を狩ったり、冒険者ギルドで冒険者さんたちを魔法で癒したり。

魔道具を作って、新しいお菓子を創り出したりもしましたね。

それに新しい登場人物も増えました。

これから長い付き合いになる錬金術ギルドのロルフさんや、まだ名前は出てきていないギルドマスター。

そして何より大事なのは、この物語のメインヒロイン（私が勝手にそう思っているだけですが）のスティナちゃんがいよいよ登場します。

自称お兄ちゃんのルディーン君はスティナちゃんをとても可愛がっているのでこれからもちょく

ちょく登場し、そのたびに振り回されることでしょう。

ただルディーン君は8歳で、スティナちゃんにいたってはまだ2歳。

流石に恋愛話に発展するなんてことはありませんが。


続いて私の近況ですが、1巻の発売以来なろう版の閲覧数がかなり増えて流石にすごい影響力だなぁと少々驚いています。

それに反して私の友人たちからは、それほど大きなリアクションはありませんでした。

個人的にはもうちょっと反応してくれてもいいのになぁと思いますが、友人の中にイラストのお仕事をしている人がすでにいるからか塩対応で少々へこんでおります。

その代わり先日あった同窓会では久しぶりに会う人たちばかりだからか、みんな祝福してくれたんですけどね。

あれがなければ闇落ちしていたかもw

最後に。

今回も高瀬コウ先生が素晴らしいイラストを付けてくださいました。

このあとがきを書いている時点ではまだ表紙と裏表紙、それに口絵だけしか完成版を見させて貰えていないのですが1巻のものよりもさらにルディーン君がかわいく描かれていて感動しています。

早く皆さんに見て欲しいなぁ、ってこれを読んでるってことはもう見ているのか。

そして今回もご尽力いただいた編集様ならびにアース・スターエンターテイメントの皆様、おかげで読者様に私の物語を届けることができました。

本当にありがとうございます。

そしてこれを読んでくださっている読者の方々、これからも続くルディーン君の物語を引き続き楽しんでもらえたら幸いです。

杉田もあい

メイドなら当然です。
濡れ衣を
着せられた
万能メイドさんは
旅に出ることに
しました
万能メイドさんの
異世界紀行!!
三上康明
Illustration
キンタ

才能がないと言われ、
磨き上げた最底辺スキルの
防御技【パリイ】で
無自覚最強は
危機に陥った王国を救えるか!?

EARTH STAR NOVEL

転生したけど0レベル②
～チートがもらえなかったちびっ子は、それでも頑張ります～

発行 —— 2024年6月14日　初版第1刷発行

著者 —— 杉田もあい

イラストレーター —— 高瀬コウ

装丁デザイン —— AFTERGLOW

発行者 —— 幕内和博

編集 —— 結城智史

発行所 —— 株式会社アース・スター エンターテイメント
〒141-0021　東京都品川区上大崎3-1-1
目黒セントラルスクエア　7F
TEL：03-5561-7630
FAX：03-5561-7632

印刷・製本 —— 中央精版印刷株式会社

ISBN 978-4-8030-1963-6